いいひと、辞めました

ふかわりょう

新潮社

いいひと、辞めました

「それでは、私は席を外しますので、あとはお二人で」

そう言って、姫野《ひめの》はベージュのタイトスカートのスリットを目一杯広げて両膝を畳に付けると、なんとも不自然な笑みをこぼしながら襖《ふすま》を閉めた。窓からは日本庭園が望め、散策する人の姿も見える。

「今日は天気が良くて、よかったですね」

「そうですね」

「趣味はありますか」

「趣味って言えるか分からないですけど、最近はヨガにハマっています」

「ヨガですか」

私はヨガにまつわるトピックスを何ら持っていなかったが、沈黙を作らないように努めた。

「いいですね、健康的で。ホットヨガっていうのも、あるみたいですね」

「平田《ひらた》さんは何かご趣味はありますか」

私はいつものように応える。

「趣味ですか、そうですね。美術館とか時々行ったりしますけど」

「素敵ですね、美術館なんて。私、アートとか全然なので」

興味がないという意味には受け取らなかった。

「僕もですよ。ただ、あの雰囲気が好きってだけで。もし宜しかったら、今度一緒に」

「そうですね。いいのありましたら、ぜひ誘ってください」

そう言って微笑むと、彼女は湯呑み茶碗を両手で持ち、ゆっくり傾けて口の中に注いだ。私も、それに合わせて、湯呑み茶碗に手を伸ばした。


「やっぱりダメだったか」と深いため息を漏らすまでがワンセット。一連の儀式のようになっていた。悲嘆に暮れるというよりも、もはや習慣になり、なんの感情も生まれなくなっている。どこかでこうなるだろうと予測していたのは、落胆しないための予防線だったのかもしれないが、やはり今回も、一人の女性が去っていった。

年を追うごとに、街ゆく家族づれが眩しく感じられるようになり、以前はぼーっと眺めていた親子の仲睦まじい様子からも、最近は目を逸らしてしまう。それに加えて、「少子化対策」「少子高齢化問題」などという文字が、日々、私の肩身を狭めている。

かつて書店で雑誌を購入すると同封されていた結婚相談所のチラシに対して、ここに通うような人間にはなりたくないと無意識に見下していた10代の私に、現在の私はどのように映るのか。少なくとも自分の未来の姿として受け入れ難いだろう。それくらい、昨今の「マッチング」のように、出会いに第三者の力を借りることは、人として、男として、オスとしての敗北であり、ドーピングである気がして、激しい嫌悪を抱いていた。

そんな私が、今、結婚相談所に通っている。物は試しにという気持ちで扉を叩いたのが一年前。あまり贅沢は言わない、どんな女性でもいいと言いながら、性格や容姿などなんだかんだ注文をつけた。やがて理想の女性を追い求めていても埒《らち》があかないことを知り、条件を広げてみたものの、結婚はおろか交際にすら結びつかなかった。いったい、何がいけないのか。それなりの収入もあり、巨漢でも貧弱でもない。顔や性格にそれほど難があるとは思えない。かつては微塵《みじん》も感じていなかった焦燥感がいよいよ検出され始め、苛立ちのような憤りのような、どろっとした液体を常に胸の奥に抱えて生活していた。度重なる不本意な結果に、そのどろっとしたものが、相談所の椅子に座る私の口から溢《こぼ》れてしまった。

「一体、何がいけないんでしょうか。傷ついても構わないので、率直におっしゃってください」

するると、鼻と口から息を漏らし、姫野は言った。

「では、率直に申しますよ」

私は注射されるときのように体に力が入った。せめて消毒してから打ってもらうべきだったが、手遅れだった。

「あなたが、いいひとだからです」

頭の中で、脳みそが揺れるような気がした。

「いいひとだから？」

「ええ、そうです」

言葉を失いかけている私目掛けて、トドメを刺すように彼女はさらに矢を放つ。

「いいひとって、惹かれないんです、結局」

「いいひとが一番、モテないんです、結局」

三本の矢が体に突き刺さり、血が噴き出している。顔面に返り血を浴びながらも彼女は続ける。

「あの人いいひとそうとか、いいひとねってよく言うけど、別に本気で賞賛しているわけじゃないんですよね」

瀕死状態の私は、魂から絞り出すように訊ねた。

「私は、いいひとですか」

「自覚はないですか。であれば正真正銘、筋金入りのいいひとですね」

「筋金入り……」

叱られているのか、褒められているのか、混乱する私の顔が、彼女の二つの瞳に浮かんでいる。

「いいひとでいることが、足を引っ張るとは……」

彼女が指摘した現実をなかなか飲み込めず、ずっと咀嚼《そしゃく》していた。

「もちろん、いいひとが選ばれることもありますけど稀《まれ》ですし、その境地に辿り着くまでには時間がかかるんです。平田さん、大丈夫ですか」

三途の川を渡っていると、遠くから私の名前を呼ぶ声がした。

「もしよかったら、ご紹介しましょうか」

「紹介？　何をでしょうか」

「平田さんにぴったりの場所があるんです」

「ぴったりの？」

「はい、いいひとを辞めるための施設です」

私は、冗談を言っているのだろうと思ってスルーしたが、彼女は真面目な顔で話を続けた。

「いいひとってなかなか辞められないいんですよ。そういう人のための施設なので、もしご興味ありましたら。あれ、パンフレットどこだったかしら……」と、彼女が引き出しの中を漁《あさ》っていると、私のプライドらしきものが口から飛び出した。

「結構です」

抑え込まれた感情が、真一文字に結んだ私の唇を小刻みに震わせている。

「いいんですか、せっかくなので試しに一度足を運んでみては。あ、これこれ」

と尚も勧める彼女を制するように手で遮った。

「そこまでして自分の生き方を変えたくないっていうか、別にいいひとを辞めるなんて簡単ですから」

残念そうな表情の姫野にそう言い放つと、私は相談所を後にした。

金網の向こうで勢いよく通過する貨物列車が私の髪を揺らしている。こんなにもぐうの音も出ないことがあるものなのかと、衝撃を通り越し、もはや感心に近い気持ちが体内に潜んでいた。

「いいひとだからです」

頭の中をこのフレーズがイルカショーのイルカのようにいつまでも回遊している。それにしても、結婚相談所でこんなにも人格を否定されるとは。いいひとで何が悪い。世の中からいいひとがいなくなったらとんでもないことになるではないか。っていうか、いいひとってなんなんだ。優しい人がいいひとなのか。真面目な人がいいひとなのか。几帳面でマメな人がそうなのか？　私だって、好きでこうなったわけじゃない。普通に生きてきてこうなっただけ。普通に生きている人が、いいひとなのか。

「私は、いいひとなんかじゃない」

いくら自分に言い聞かせても、姫野に言われた言葉に飲み込まれてしまう。私は、自分が本当にいいひとなのかを確認するために、部下の武田《たけだ》を会社近くのレストランへランチに誘った。

「珍しいっすね、平田さんが俺をランチに誘うなんて」

武田は、スマホをいじりながら私と会話している。私は単刀直入に質問するのを避けるために、なんとなく彼の近況を窺ってから本題に移ろうとした。だが、こちらから何か聞く前に、

「あ、俺、今度結婚することになりまして」

そう言って、彼は相手の女性の写真を私に見せてきた。サングラスを額にのせた女の後ろに、南国の海が広がっている。

「そうなんだ、おめでとう」

予想外の近況報告だったが、私は平静を装《よそお》った。

「まぁ、デキ婚なんすけどね」

「妊娠しているなら、さらにおめでとう」

「俺ももう30歳だし、そろそろ身を固めた方がいいかなって。まぁ、まだ遊びますけど」

「結婚しても?」

「ええ、だって妻子持ちの方がモテるっていうでしょ。やっぱり40過ぎて独身だと逆に怖がられるっていうか、なんか難があるんだろうなって。その点、妻子持ちってセクシーに見えるらしいっすよ。子供の写真見せたらキャバクラでちやほやされるらしいっすから。変に結婚を迫られる心配も無いし。あれ、っていうか、先輩独身でしたっけ」

私はコーヒーカップを手にし、必要以上にゆっくりコーヒーを啜《すす》った。

「あ、すみません。でも、40は過ぎてないっすよね」

「今年、40」

「あ、そうなんすか。なんで結婚しないんすか、願望ないんすか」

「ないわけでもないいんだけど」

「すぐ見つかりますよ。先輩、いいひとだから」

その言葉に、私の体がピクッと反応した。思わぬところで本題に入った。

「いいひと、なのか」

「そりゃ、そう思いますよ。え、どうしたんすか」

「いや、別に。部下からどう見られているのかなぁと」

「部下っていうか、みんな思っていると思いますよ」

「そんなわけないだろ」

「ありますって」

私は、どんなところがいいひとだと思うのか訊ねた。

「だって、誠実じゃないすか。嘘つかないし。あと、部下の尻拭《しりぬぐ》いもしてくれるし」

食べ終わった食器をウェイターが片付けに来ると、武田はタバコを吸いに行った。レジ前には、財布を手にした会社員たちが会計のために並んでいる。遠くでスマホをいじりながら煙を吐く彼を眺めながら、私は体に刺さった小さな棘《とげ》を抜いていた。

「君は、いいひとじゃないのか」

戻ってきた彼に訊ねると、笑いながら答えた。

「俺は、いいひとではないっすね。まぁいい部下だとは思いますけど」

タバコの匂いを撒き散らしながら、彼は続ける。

「女はみんな俺のことサイテーって思っていますよ。でも、女って、結局、サイテーな男が好きなんすよね」

「サイテーな男が？」

「だって、いいひとって、つまらないんですよ。面白くないっていうか、一緒にいて。あ、先輩のことじゃないっすよ」

その言葉は、コーヒーに苦味を加えた。

「いいひとなんて、辞めてやる」


それからというもの、私はいいひとからの脱却を試みた。

しかし、いくら辞めようとしても、私は、いいひとを辞めることができなかった。エレベーターでは同乗者に何階ですかと訊ね、仕上がりに不満でも理髪師にどうですかと訊かれればバッチリですと答えた。届いたメールを無視しようと返信せずにいると、次第にいてもたってもいられなくなり、遅れて申し訳ないというお詫びを添えて返信。依頼された仕事を放棄しようとしても、責任感が私を逃がさない。会議に遅刻しようとしても、せいぜい3分が限度。それ以上遅れようとすると息が苦しくなり、生きた心地がしなかった。無理にいいひとから逸脱《いつだつ》しようとすると、禁断症状が生じた。


「あ、おかえり」

帰宅すると妹の詩織《しおり》が待っていた。職場の保育園が割と近いこともあり、彼女は時々私の家を訪れ、一緒に食事をしてくれた。

「お弁当いくらだった」

「大丈夫。クーポン使ったら、ほとんどタダみたいなもんだったから」

私は、机の上に出ていた結婚相談所の資料を慌てて隠した。

「いい加減、素敵な奥さん見つけなよ」

と柔らかい口調で詩織は切り出す。

「別にまだいいって」

「友達にお兄ちゃんの写真見せると、みんないいひとそうっていうよ」

「いいひとって、なんの取り柄もない時に言うんだろ」

「そんなことないって。性格が良さそうとか、優しそうって。今度紹介するから会ってみる?」

「いや、いいって。詩織こそ、どうなんだよ」

私は話の流れを変えるために質問し返した。

「え、どうって」

「ほら、付き合っている人はいるのか」

「いまは、園児が恋人」

「いくつだっけ」

「私? え、やだ、お兄ちゃんの8つ下でしょ」

「そうか、32歳か」

「っていうか、うちの園にも結婚したい女の子いるから、もしお兄ちゃんの部下とか、素敵な人いたら紹介して」

私は適当に相槌《あいづち》を打ちながら唐揚げを口にいれた。

「兄妹じゃなかったら、お兄ちゃんみたいな人選ぶのにな」

「慰めなくてもいいよ、ありがと」

せめて妹には、どうか素敵な男性と幸せな家庭を築き、幸福な人生を歩んでもらいたい。妹を見送ってから脂ぎったプラスチック容器を流しで洗い、窓を開けると、マンションの前に一台の赤いスポーツカーが停まった。エントランスから詩織が駆け寄り、車の反対側にまわって乗り込む。運転席にいる男は切れ長の目をして、私と同い歳くらいに見えた。

その週末、私は近所の喫茶店『ヴィーナス』を訪れた。カウンターの丸い椅子に腰掛け、コーヒーを片手に本を開くものの、斜め後ろのテーブルに座る女性二人の会話がうるさくて、内容が頭に入ってこず、何度も同じ行を目で追っていた。

「え、しちゃったの」

女性の大きな声が響くと、店内の客が一斉に振り向いた。向かい側の女は嬉しそうに微笑んでいる。

「だって、急に優しくされたから」

「もー、何やってんの。元カレなんてクズだって言っていたのに」

「そうなんだけどさ、なんか、もういいかなって」

「よくないって、またセフレにされるだけだよ」

「されないって」

「もう会っちゃだめ」

「え、うん」

「うわ、会うなこの女」

「だって」

「だってじゃないって」

ますますエスカレートする会話《ラリー》に耐えられず、少し声のトーンを落としてもらえないか注意しようと思ったときだった。

「そんなことやってるからいつまで経ってもいいひと見つからないんだよ」

「わかってるけど、いないんだもん、周りに」

「いるって、必ず見つかるから」

「そうかなぁ。あぁ、いいひといないかな」

その言葉が、頭の中で渦を形成し始めると、私は導かれるように席を立った。

「すみません、ちょっと、お尋ねしてもいいですか」

二人の目つきは、完全に不審者を見るために拵《こしら》えられたものだったが、そのバリケードを突き破ってしまうほど、私は冷静さを欠いていた。

「いいひと、探しているんですか」

顔を見合わせる二人に向け、私は、ことの次第を話した。

「恥ずかしながら、長いこと結婚相談所にお世話になっているんですけど、なかなか相手が見つからなくて。それで相談所の人に理由を尋ねたら、こう言われたんです。あなたがいいひとだからですって」

するとう、元カレとヤっちゃった方じゃない女性がタバコを指で挟んで言った。

「あぁ、そのいいひとは違うよね」

「そうそう。いいひとなんだけどねっていう場合のいいひとは、悪いところがないっていうか」

「無難っていうか」

「無害っていうか」

「他に褒めるところがないときにも使うし」

「断るときの免罪符みたいなものかな」

「免罪符……」

私の口が微《かす》かに動いた。

「いいひとは、魅力ないですか」

「魅力ないと言うより、無味無臭。それ自体は惹かれるものではないし」

「でも、さっき、いいひといないかなって言ってましたよね」

盗み聞きを白状したが、声が大きい自覚があったのか、二人は気にしない様子で答えた。

「いいひといないかなっていうのは、自分に合った素敵な男性いないかなってこと」

「白馬の王子様、みたいなことですか」

「いや、そんな理想はとっくに捨ててるから」

と笑いながら鼻から煙を吐いた。

「でもさ、いいひとと、いい男って違うよね」

「あ、確かに」

「いい男って、ビジュアルも伴っていて、セクシーで、優しそうで、守ってくれそうな人」

私の耳はそれ以上のセリフをキャッチするのを放棄した。

「いいひとって、道徳的にいいひとってことだから、抱かれたいとは思わないかな。だって、ガンジーに抱かれたいって思う女はいないでしょ」

「でも、ガンジーの腕が妙に筋肉質だったら、キュンとしちゃうかも」

「ウソでしょ、私、マッチョでも無理だわ」

二人の甲高い笑い声が響いた。タバコを吸う方が佳恵《よしえ》で、元カレと寝てしまったのが美和《みわ》と呼ばれていた。

「ねぇ、俺にも参加させてもらえないかな」

コップを拭きながら、髭を蓄えた中年男がカウンターに両肘を突いて身を乗り出している。この店のマスターだ。

「もう、さっきから会話に入りたくてうずうずしてたんだよ」

「え、マスターって独身？」

「違うでしょ」

するとは、目を見開いた。

「俺はサイテーな男だから、2回も離婚している」

「え、そうなの、知らなかった」

「でも、2回も結婚してるってことですよね」

私は反射的に言葉を放っていた。

「しかも、もうすぐ3回目」

器用に眉毛を上下に動かすマスター。

「え、また結婚するの」

「相手は？」

「なんと、20代」

満面の笑みの横にVサインが浮かんだ。彼は、釣りに行ったら若い女を釣れたと得意げに報告する。カウンター内の奥の壁には釣り竿が何本か立てかけてあった。

「皮肉ね。いいひとより、サイテー男の方がモテるって」

佳恵が私を見て言う。

「確かに、いくら性格が悪くても、ずば抜けた才能があると、トータル、いい男に見えたりするんだよね」

「現に、美和も元カレのクズ男とやっちゃってるし」

「まぁ、そういう男と結婚すると痛い目に遭うけど、女は惚れちゃうと止まらない」

「いいひとには惚れないから」

「それでも、いいひとと結婚する人もいますよね」

防衛本能か現実逃避か、私は黙っていられなかった。

「それは、完全に諦めた女。それで、K‐POPアイドルを追いかけて、ときめきとか恋愛欲求を満たしてる」

「まぁ、そういう生き方もあるよね」

私は、諦めた女の目にすら留まっていないのかと、悲しくなった。

「あとは、やっぱり……ね」

「そう、やっぱりそれ大事」

「え、なんですか」

見ると、二人は指で輪っかを作っている。

「はぁ、お金」

「経済力っていうのは男の大きな魅力。年齢とか関係ない」

「あなた貯金いくらあるの」

佳恵は単刀直入に訊ねた。

「え、貯金ですか」

「どれくらい。言ってみてよ」

私は、実際の貯金額よりも少し多めの額を伝えた。

「うん、微妙なラインだ」

美和も同じことを言った。

「年収は？」

私は、実際の年収よりも少し多めの額を伝えた。

「うん、微妙なライン」

「やっぱり年収2000万とか、貯金1億とかって言われないと、女は動かない。特に若い女はね」

「ちやほやされているから。売り手市場」

「その貯金額で心が動くのは40代かな」

「でも、今40代の女性はそれくらい持っていたりするからね」

「私、貯金10億ある男だったら、ハゲでデブで多少臭くても結婚できる」

「そこが男と女の違いだよね。俺は、年収5000万のババァより、20代のニートの女の子の方がいいからね」

そう言って、マスターは肩を揺らして笑った。

「サイテー」

「どういたしまして」

彼女らの明け透けな話を聞いているうちに、私なりに整理できてきた。「いいひと」にもいくつかの意味があり、あんたの彼氏いいひとそうっていうのは、無難な人に行ったんだねという意味。人間性がいいひとと、いい男とは根本的に違うということ。むしろ、サイテーと呼ばれる男の方に魅力を感じるということ。

「いいひとでいたら、いい男にはなれないからね」

マスターはなぜか得意げに付け加えた。それにしても、なぜ、こんな軽薄な男が3回も結婚できて、私にはできないのか。世の女性は見る目がないのか。私は、どうしたらいいひとを辞められるのだろう。

「一回さぁ、形から入ってみたら」

佳恵はタバコを灰皿の底に押し付けながら言った。

「形から？」

「そう。だってほら、見るからにいいひとそうだから、少しワイルドな感じの服を着るとか」

「そうね、何事も形から入るの大事」

美和も同調する。

「服が人格を作るって有名な人が言ってたし」

「よかったら、俺の服とか貸してあげるよ」

「マスターのじゃぶじゃぶかでしょう」

灰皿の底で、潰されたタバコがゆっくり戻ろうとしていた。

その日、私はいつもと違う装いで出社した。黒のセットアップに無地の白Tシャツ。まるでイタリア人のように、いや、かつての「ちょいワルおやじ」のように、素足で革靴を履き、胸にはネックレス、腕には大きな時計をこれ見よがしにはめている。二度見する者、通り過ぎざまに振り返る者、虫を捉えるように目で追う者もいたが、今までユニクロしか行ったことのない私からしたら、いいひとから抜け出す大きな一歩だった。

「先輩、なんか今日感じ違いますね」

武田をランチに誘うと、同僚の吉沢《よしざわ》もついてきた。

「そうかな、いつも通りだと思うけど」

「そんな時計してましたっけ」

「あぁ、これね。前から持っていたんだけど、使わないともったいないかなって」

「今日の平田さん、なんかセクシーです」

吉沢が目を輝かせると私は照れを隠すように店員を呼んだ。

「シャンパンあるかな。グラス3つで」

「え、仕事中っすよ、いいんすか」

「別にいいだろ、昼間っからシャンパンくらい。スペイン人は四六時中ワイン飲んでいるんだし」

ランチタイムのオープンテラスでフォアグラとシャンパンを口にしている自分の体が、自分ではなく、誰かに操縦されているような気がした。部下の二人は、写真を撮ってはSNSに投稿していた。

「え、こんなに……」

私は伝票を見て目を丸くした。ランチタイムとは思えない金額だった。

「大丈夫っすか」

「まぁ、これも大事な打ち合わせだしな」

領収書はふたつに分けて切らせた。私だって、やればできるのだ。

そうして私は、コンビニのレジで小銭を募金しなくなり、レシートを不要レシートボックスに入れずにあえてトレイに乗せたままにし、エレベーターは自分の行き先階しか押さず、電車では必要以上に股を広げ、共用の肘置きを占拠。襟《えり》からタグが出ていても教えてあげず、会社のトイレットペーパーが切れてもそのままにするなど、できる範囲で「いいひと」から抜け出そうと努めるようになった。

「帯状疱疹《たいじょうほうしん》ですね」

診療所の男性医師は言った。数日前から脇腹にピリピリとした痛みが生じ、湿疹《しっしん》のようなものができていた。よく耳にするが、自分とは無縁のものだと思っていた。

「原因って、あるんですか」

「過度のストレスだったり、年齢的なものだったり、色々考えられます」

「ストレスかぁ。こんな風になったの初めてだったので」

「精神が悲鳴を上げているのかもしれませんね」

医師は、何か最近変わったことがあったか訊ねた。

「いや、あの、実は……」

私は、いいひとを辞める努力をしていることを、恥じらいながらも正直に医師に伝えた。傍にいる看護師が唇を閉じて笑いを堪《こら》えているように見える。

「いいひとはなかなか辞められないですよ」

医師は真面目に答えてくれた。

「どうしてですか」

「それこそ病気みたいなものですから」

「病気、ですか」

彼は横を向いてすらすらとカルテを書き始めた。

「嫌われたくないという潜在的欲求、ある種の強迫観念みたいなものでね」

「強迫観念……治らないんですか、この病気」

「治らないこともないでしょうけど、大変ですよ、時間をかけて形成した人格を変えるのは」

私の鼻の穴から放出された生ぬるい息が、膝の上に乗った手の甲を撫でた。

「薬ってないですよね」

「なんのですか」

「いいひとを治す薬」

「ないですね」

医師は即答すると、こちらを向かずに話し続けた。

「別に治さなくていいと思いますよ、だって、いいひとなんですから」

堪えられなくなったのか、看護師はこちらに背中を向けて不自然に肩を揺らしている。

「とにかく、人間、なんでも無理はよくないです。帯状疱疹の薬は出しておきますから、あとはたっぷり睡眠とってください」


薬の効果が現れ始めた頃、公園のベンチに腰を下ろし、掌《てのひら》から溢れるポップコーンに集まる鳩をぼんやり眺めていると、女の声がした。

「もう、ついてこないで」

噴水の前を女の人が足早に横切ったかと思うと、彼女の後を追うように男が駆け寄ってくる。

「ちょっと待ってよ、和美《かずみ》、誤解だって」

そう言って華奢《きゃしゃ》な肩を摑む男の手を乱暴に払い、彼女は振り向く。どうやら恋人同士の喧嘩に遭遇《そうぐう》したらしい。努めて目を逸らし、ポップコーンを落とす私の耳に、パチンというぶつかり稽古のような、肌と肌が衝突する音が飛び込んだ。

「サイテー！　もう近寄らないで」

鳩が一斉に飛び去ると、頰に手を当てて呆然とする男だけが残った。大変な事件現場に直面してしまった。私の頭の中で、彼女の言葉が渦を巻いている。

「すみません、ちょっとお尋ねしたいんですけど」

立ちつくす男に声をかけると、彼は怪訝《けげん》な表情を向ける。

「あなたは、どんなひどいことをなさったんですか」

男は揶揄《からか》われていると思ったらしく、無視して立ち去ろうとした。

「あ、ちょっと待ってください、本当に知りたいんです。一体、何をして、サイテーと呼ばれたんですか」

「関係ないじゃないですか、ほっといてください」
「そうなんですけど、私もあなたのように、サイテーって言われたいのです。何をして
サイテーになったんですか。どんなひどいことをしたのですか。どうか、私にサイテー
男になる方法を教えてください」
勢い余って土下座をする私の膝が、鳩が食べようとしていたポップコーンを潰した。
「お願いです、いいひと辞めたいんです。いいひとなんだけどねって言われたくないん
です。私を一人前のサイテー男にしてください、お願いします」
顔を上げると、彼は不思議そうな表情で私を見下ろしていた。噴水が勢いよく上がり、
小さな虹が架かった。
「彼女の友達とヤっちゃっただけですよ」
私と彼はベンチに座った。彼は、赤く腫《は》れた左頬を時折手でさすりながら話してくれ
た。
「でも、僕の方が誘われたんですよ。相談に乗って欲しいっていうから。それで二人で
お酒飲んでたら、急にその子が甘えてきて」
彼の語気が強まった。
「和美がいるし駄目だよって拒んだら、彼女、泣き出しちゃって。慰めたらいつの間に

かキスしてて。僕も飲み過ぎちゃって、自制が効かなくなって……」

目が覚めると、ホテルで朝を迎えていたらしい。

「話を聞くと、あなたよりも、その友達の方がサイテーな気がしますけど」

「ですよね」

「だって、あなたと和美さんでしたっけ、二人が付き合っていることをその友達は知っていたんですよね」

「もちろんです、彼女たちは親友ですから。でも、そんなの通用しないんですよ」

私は、サイテーな女も世の中に存在することを知った。

「いいんですか、このまま別れちゃって」

「まぁ、しょうがないですよ」

「しょうがなくないですよ、あなたはサイテーじゃないです、普通のテーです」

私は、彼の行為の正当性を、せめて情状《じょうじょう》酌量《しゃくりょう》の余地があることを、彼女に伝えたくなった。

「電話しましょう」

「え？」

「電話しましょう、彼女に」

「でも、どうせ出ないですって」

「じゃあ、私の携帯からかけましょう、番号教えてください」

「いや、いいですって」

「よくないです、教えてください」

私は、彼から無理やり番号を聞きだし、電話をかけた。彼は飯沼崇《いいぬまたかし》という、ＩＴ関連企業に勤める25歳の男性だった。

「あの、先程、日比谷公園の噴水前で、たまたま事件現場に遭遇した者なのですが」

不信感でいっぱいの声が返ってきた。

「結論から申しますと、崇さん、サイテー男ではなかったですよ」

「すみません、どちら様ですか」

「先程、申し上げました通り、噴水前で目撃していた者です。事情聴取したところ、崇さんの過失はそんなに大きくなかったです」

携帯を奪おうとする崇に私は背を向けた。

「あなたのお友達のユキさんの方から誘ってきて断れなかったって。あなたのことが頭をよぎったし、酔っ払っていたし、今は本当に後悔しているって。だから、ちゃんと謝りたいって」

余計なお世話とわかっていながら、事件の目撃者として伝えずにはいられなかった。

「和美さんも、興奮してビンタしてしまったこと、謝りたいと言っています」

電話を切り、私は彼に伝えた。

「そうですか、ありがとうございます」

「いえ、出過ぎた真似をしてすみません」

潰れたポップコーンを鳩の嘴《くちばし》が突いていた。


「結局いいひとになっちゃったのね」

私は、噴水前での出来事を喫茶店『ヴィーナス』で報告した。

「そうなんです」

「サイテー男になろうとしたのにね」

そう言って、佳恵はタバコに火をつけると、何か思いついたように目を見開いた。

「ねぇ、一回さぁ、あんたこの人とデートしてみたら」

佳恵が美和に言った。

「え、私が。なんでよ」

「元カレとセックスなんかしてないで、この人の面倒見なさいよ」

私は美和の表情を注視した。

「まぁ、別にいいけど」

「じゃあ、決まり。いつにする。今度の日曜日は」

私は手帳を開いた。

「あ、その日はボランティアに誘われていて」

「じゃあ、その次の日曜日は」

「あ、その日は親戚の掃除の手伝いがあって」

「じゃあ、その次は」

「その日は、友人の法事の手伝いで」

「もう、なんなの」

「どこまでいいひとなの」

「頼まれると断れなくて」

「ねぇ、いいひとでいるの疲れない」

佳恵が私の顔を呆れ気味に見ている。

「いえ、全く。あまり自覚もないので。むしろ、逸脱《いつだつ》する方が疲れちゃって」

真っ赤なケトルの蓋が、カタカタと音を鳴らしながら揺れ出した。

どうにか日程を合わせ、私は美和と二人で美術館に並ぶ数々の壺を眺めていた。

「これも高そうね、あ、あっちの方が高そう」

「値段はつけられないと思いますよ」

併設のカフェでお茶をしたあと、公園を散策した。周囲の芝生を家族連れが埋めている。

「普段美術館なんて行かないから、すごく新鮮だった」

「そうですか、ならよかった」

気を遣っているのかもしれないが、彼女が退屈しているのではと心配だったのでほっとした。

「この後、どこかまで送りましょうか」

「え、もう帰るの」

「日が傾いてきたので」

「いや、夜ご飯食べようよ」

「そうですね」

「お店は私が決めてもいい？」

そうして、彼女の案内で中華料理屋に来た。まるで、上海や香港にいるかのような活気のある店内。決して清潔とは言えないが、この賑《にぎ》わいは嫌いではない。メニュー表がテーブルを覆うビニールクロスに張り付いて、持ち上げるとコップが倒れそうになった。

「本場の賑わいですね」

「ちょっと汚いけど、味は間違いないから」

「ビール、お好きなんですか」

「やっぱり餃子にはビールでしょ」

餃子を平らげ、ビールを3杯ほど飲むと、彼女の顔はすっかり赤みを帯びてきた。

「どう、いいひとから抜け出せそう？」

「正直まだ、どうしたらいいのか」

「性欲はあるんだよね」

「おそらく人並みにはあると思うんですけど」

「オナニーはするの」

店内が賑わっているのを確認し、私は実際よりも少ない頻度を報告した。

「嘘でしょ、少なくない？」

「そうですか」

「私の知り合いのジジィなんて、いまだに毎日しているよ」

そう言って、シャツのボタンを外す彼女。

「あぁ、なんか火照ってきちゃった」

隙間からブラジャーの薄い水色が覗いている。

「大丈夫ですか」

喉から胸のあたりが赤く染まった美和を乗せ、タクシーで彼女の自宅に向かった。車内は彼女の甘い香りと餃子の匂いが立ち込めていた。タクシーを降りると彼女の足元がおぼつかず、ドラマなどで見かけるように、肩で抱えながらエレベーターで3階に上がる。

「開けて」

手渡された鍵で扉を開けると、玄関に雪崩《なだ》れ込むように彼女は尻をつく。

「靴脱がせて」

言われるがまま彼女のピンヒールを片方ずつ外す。スカートの中にも、薄い水色が見える。手探りで照明のスイッチを押し、寝室まで運ぶと、彼女はベッドで数回弾んでうつ伏せになった。

「あー、苦しい。ねぇ、ホック外してくれる?」

「ホック？」

「ブラのホック」

私はシャツの上からホックの場所を探り、指で摘《つま》んだが、思うように外れない。

「すみません、これ、どうやったら」

「だいたいわかるでしょ、一回内側に寄せてから」

なんとか外すと、彼女はうつ伏せのまま、風呂に浸かるように大きく息を吐いた。呼吸するたびに膨らんでは萎《しぼ》む彼女の体を見て、静かに部屋を去ろうとすると、彼女の顔がむくっと起き上がった。

「ちょっと、どこ行くの」

「あ、いや、帰ろうかなと」

「帰ってどうすんのよ、今でしょ」

「今？」

「そう、襲うなら今でしょ。酔っ払ったいい女を置き去りにして帰るなんて、失礼にもほどがあるでしょ」

私は、彼女が何に腹を立てているのかようやく理解した。

「でも、酔った勢いでしたら、あとで後悔するんじゃないですか」

「もう、どこまでいいひとでいるの。今こそ狼にならなきゃ」

「狼に？」

「そう、別にいいんだって。私そんなナイーブじゃないんだから。一回寝ただけで傷ついたり反省したりしないし、人生狂ったりしないから。一回ヤッただけで彼氏面されたり、罪悪感抱かれる方が嫌だよ」

躊躇《ためら》う私に彼女は続けた。

「いいひと、辞めたいんでしょ」

「……はい」

「ほら、こうやって、こう。ほら、こうやって」

彼女は私の腕を摑み、自分の脇腹へ寄せた。

「で、ボタン外して」

「ボタン」

「こっちのボタンでしょ、早く外しなさいよ」

手の甲が彼女の乳房に触れた。

「ねえ、もしかして、童貞？」

私は固まった。

「ちょっと待って、おしっこしてくる」

トイレから出てきた彼女は、台所に行って勢いよくコップに水を注ぎ、喉に流し込むと、げっぷのようなものを吐いた。


「それで、どうなったの」

美和の報告を佳恵とマスターは小刻みに頷きながら聞いていた。

「お茶を飲んで帰りました」

私は申し訳なさそうに答えた。

「もう、もったいない」

「でしょ、せっかく酔っ払ったフリしていたのに、何もしないから」

「え、フリだったんですか？」

「女は誰しも女優だからね」

マスターが口を挟む。

「でもさ、もしこの人が襲ってきたら、どうしてたわけ、あんた」

私は美和を見た。

「もちろん、受けてたったわ」

「あー、もったいないことしたねぇ。こんないい女を抱けるチャンスだったのに」

「そうだよ、今日抱けそうだったからと言って、次も抱けるとは限らないからね」

マスターは釣り竿を振りかぶりながら言う。

「しっかりしなさい、おちんちんついているんでしょ」

佳恵は私の股間を指で弾く。

「え、ほんとついてる？」

「ついてますよ、もちろん」

「じゃあ、見せなさいよ」

「え、そんな」

「見せなって」

「ちょっと、ここじゃあ」

「あれ、なんか硬くなってきてない？」

「え？　なにがですか」

「ちょっと、やだ変態、この人勃起してる」

「してないですって」

顔を紅潮させながら股間を押さえる姿が鏡に映っていた。そのやりとりに笑いながら、美和が電話をしている。

「ねぇ、ちょっと頼みがあるんだけどさ」

電話口から聞こえてくる相手の声は、どうやら男のようだ。

「どうしてって、今まで付き合った中であんたが一番サイテーだったから」

佳恵が、誰にかけているのだろうという顔をしている。

「相変わらずサイテーね。成功報酬ね」

そう言って、美和は電話を切った。商談がまとまったらしい。

「誰？」

「光一《コーイチ》」

「コーイチって誰だっけ」

「ほら、あのヤリチンの」

「あー、あの光一ね。確かにサイテーだわ」

美和は私のために、サイテー男の指南《しなん》を元カレに依頼してくれたのだ。

よほど女泣かせのホストのような男を想像していたが、後日、私の前に現れたのは、その片鱗《へんりん》もない、私からするとブサイクに分類される男だった。

「はい、あ、もう古民家はやってないんですよね。ええ、基本、築浅《ちくあさ》物件のみ扱っているんで」

電話をしながら喫茶店『ヴィーナス』に入ってくる立ち居振る舞いに見事なほど軽薄さが漂《ただよ》っている。会話からして、不動産業をやっているのだろうか。

「そうですね、やっぱり築10年経っちゃうと対象外なんで。ええ、この前も事故物件に遭っちゃいまして」

「ねぇ、女を物件扱いするのやめてくれる、ほんと」

美和が呆れたように言う。私は悟った。

「え、女性のことだったんですか。じゃあ、築10年って……」

「初潮から数えて10年ってこと」

彼は、通話口を手で押さえて答えた。

「ほんといかれてるわ、こいつ」

そう言って、タバコを揉み消す指に力を込める佳恵。

「でも、講師としては頼もしいかもね」

「どうも、ヤリチンの光一です。よろしく」

電話を切った彼は、私に握手を求めた。

「じゃあ、光一、あとはよろしくね」

そう言って、美和と佳恵がいなくなると、彼は足を組み、短い両腕を翼のように広げた。

「聞いたよ、サイテー男になりたいんだって？」

「ええ、まぁ」

「ほんと見るからにいいひとって感じだよね」

彼の視線が、私の足元と頭を何度も往復する。

「そうなんです、なんとかしたいんです」

「まず大事なのはさ、女なんてちょろいって思わないと。多分、あんたは女っていう生き物を尊重しすぎなんだよ」

「そうですかねぇ」

「そうだよ、大事にしすぎ。地球上に何億人っているんだよ？　どんなに酷いことされたって平気な生き物なんだよ、女は」

さっそく彼はサイテーなセリフを平然と吐き、足を組み直した。その際に膝がテーブルにぶつかって、カップからコーヒーが溢れた。

「まず、母親から生まれたってこと、一旦、棚にあげよう」

「棚にあげる?」

「そう。棚にあげて、女性に対するリスペクトをなくす。そうすれば無駄に優しくしなくなるから」

確かに私は、母親から生まれたことで、無意識に女性を尊重していたかもしれない。

「でも、優しいひとがいいってよく言いません?」

「それがトラップなんだよ」

「トラップ?」

「そう、絶対に鵜呑《うの》みにしちゃだめ。女は強いものに惹かれるんだ、優しさじゃない」

彼は私に顔を近づけ、声のトーンを落とした。

「女性のいう優しさは、強さの中にある優しさ。だから、常に優しくしたってなんの意味もない。むしろ、弱くて頼りない生き物だと思われる」

彼の前に置かれたピザトーストが湯気をあげている。

「女なんて単純で、普段冷たいのに急に優しくされると弱いんだよ」

「メリハリということですか」

「そう。イメージはワルツのリズムね」

「ワルツ?」

「優しく、冷たく冷たく。優しく、冷たく冷たく。ワンツースリー、ワンツースリー。そう、ワルツのリズムで女心はチーズのようにとろけ始める」

体を揺らしながらピザトーストをひと齧《かじ》りした彼の口から、チーズが伸びている。

「優しく、冷たく冷たく、かぁ」

「余談だけどさ」

皿の上で手をパンパンと叩《はた》くと、再び彼は声のトーンを落とした。

「毎日、山でゴミ拾いをしている人がいる。その人をマスコミがとりあげるのは、30年続けた時だ。一方、派手なコスプレイヤー達が街の掃除をしたらどうだ。一日で注目される。いいひとも同じ。ただいいひとで居続けたって、評価されるのは30年後。時間がかかるんだよ」

妙に説得力があった。それで私は具体的にまず何をしたらいいのか。

「そうだなぁ。じゃあ、最初は」

彼は指をパチンと鳴らした。

「嘘をつこうか」

「嘘を？」

「そう。嘘は、サイテー男のマストアイテム。いや、男にとって不可欠な武器なんだ」

彼は指に挟んだタバコの先に火をつけた。嘘と言っても、どんな嘘をつけばいいのか。

「なんでもいい。とにかく本当のことを言わなければいいんだ」

と言って、彼は私に昨晩何を食べたか訊ねる。

「昨日？　昨日はなんだったたっけな」

すぐに思い出せない。

「ほら、思い出すんじゃなくて」

「あ、そうだ。昨日は、とんかつ食べました」

「誰と？」

「一人、じゃなく、外国人と」

「え、外国人と？　どこの」

「えっと、アフリカの方と」

「え、昨日、アフリカ人ととんかつ食べてたの？」

彼は笑いを堪える。

「え、いや、はい、そうです」

「やればできるじゃん」

全く手応えはなかった。

「中身はいいとして、大事なのは罪悪感を取り払うこと。そいつがあなたをいいひとにしているんだから」

「あまり嘘をつく機会がなかったので」

「いいんだよ、世の中なんて嘘だらけなんだから。どこ住んでるの」

咄嗟《とっさ》に私は嘘をついた。

「え、田園調布です」

「マンション？」

「はい、タワマンです」

「何階？」

「52階の角部屋」

「誰と？」

「アフリカの方です」

「ちょっと、どうしてすぐアフリカ人が出てくるの」

「人類の起源だからでしょうか。心のどこかに潜んでいるようです」

「そういうキラーワードは、せめて一日一回にしなきゃ」

ほんの少しだけ、嘘をつくことが楽しくなってきた。

「あとはやっぱり金だな」

「やはりお金ですか……」

「そう、借りた金は返さない」

貯金ではなかった。唖然《あぜん》とする私を一喝するように彼は言う。

「借りたものはもらったも同然と思わないと」

「はぁ」

「最初は抵抗あっても、繰り返していくと、どうして返さなくちゃいけないのかと疑問を抱くようになってくる。それがサイテー男への入り口だ」

彼のレクチャーを受けていると、サイテー男どころか、サイテー人間になってしまう気がした。

「出来れば、人としてではなく、男としてサイテーがいいんですけど」

「男としてか。じゃあとにかくやりまくること。それしかない」

「やりまくる？　何をですか」

「そりゃ決まっているだろ、これだよ」

彼は、両手で女を抱くポーズをして、腰を動かした。

「一にセックス、二にセックス……やっぱりセックスしてなんぼだよ」

私は、セックス未経験であることは隠すことにした。

「女なんて男が思っているほど清楚な生き物じゃない。性欲に塗《まみ》れているんだから。幻想を捨てた方がいい。女は強くて逞《たくま》しい。だから神様から腕力を奪われた。聞いたことあるだろ、女子校のトイレが男子校のそれよりも汚いことを」

確かに、見たことはないが、そんな話を聞いたことはあった。事実かどうかは知らないが。

「詰まるところ、男がイメージする『女』なんて、幻想。フィクション。男は馬鹿だからまんまと騙されている。特に君のような童貞はね」

そう言うと、急に女性の喘《あえ》ぐ声が響いた。彼の携帯だった。彼が通話している間、私はここまでの講義の内容を覚えている限りメモした。それにしても、彼はこのビジュアルでどうしてこんなに自信に満ち溢れているのか。

「あ、ごめんごめん、また古民家からだった」

と言って、彼は携帯を胸ポケットにしまった。私は、先ほど湧いた疑問を失礼にならないように言葉を選んで訊ねたが、裏目に出てしまった。

「ダメダメ、そんな気を使って訊いちゃ。要するにどうしてこんなブサイクなのに自信家なのかってことでしょ」

否定できず口ごもる私の顔の前で、彼は再び指をパチンと鳴らした。

「セックスが俺に自信を与えてくれたんだよ」

私は目を丸くした。

「セックスすると、自信がつくんだよ。こんな俺でも存在していいんだって。だから、散々やりまくってきたのは、自信のなさの裏返し。見ての通り、俺はブサイクだから、自信を持ちたかったんだ」

どのように相槌を打っていいのかわからなかったが、彼がブサイクを自覚していたことになぜか安堵《あんど》した。彼は、最後に一つと言いながら、私に忠告してくれた。

「美人ほど、冷たく、雑にあしらうべきだからな」

「美人ほど？」

「そう。美人はちやほやされてきてるから、冷たくされることに慣れてなくて、急に困惑し始める。しかも、こんなブサイクにどうしてって。それを恋と混同することもある。なのに世の男は美人にどうしても優しくしてしまう。ほんと情けない。だからいけないんだよ。美人なんて、腐るほどいるんだから」

じゃあ、健闘を祈ると言って、彼は支払うそぶりもなくそのまま店を去った。

「美和さんのお墨付きだけあって、なかなかのサイテー男でしたね」

そう言って、マスターは食器を下げにきた。

「どうして童貞ってわかったんだろう」

「そりゃあ、顔に書いてありますもん」

窓ガラスに映った自分の顔を眺めていると、マスターが埃まみれの風呂敷包を私の目の前にドンと置いた。

「きっと役に立つから」

それはマスター秘伝のセックスの奥義がまとめられた書物だった。


「意外とできないものなんですよね」

やはり来ましたかという表情を浮かべて結婚相談所の姫野は言った。光一に教わったことは、私一人では思いつかないことばかりで有り難かったが、同時に、自力でいいひとを脱却することは困難だと感じた。私には施設の力が必要だった。

「色々とチャレンジはしてみたんですけど、帯状疱疹までできてしまいまして」

「帯状疱疹？　それは大変でしたね」

私はあらためて、姫野が以前言っていた「いいひとを辞めるための施設」なるものを紹介してもらえるよう頼んだ。

「ちなみに、今まで紹介したことってあるんですか」

「お客様にですか。ええ、もちろんございます」

そう言って、彼女は机の引き出しを開け、パンフレットを差し出す。表紙には、空を映すガラス張りの建物が載っている。

「サイテー男養成所？」

「はい。通称、クズ専と呼ばれているそうですよ」

「クズ専……」

私はいいひとを辞めたいのであって、クズになりたいのではなかった。

「ここに通えば、きっといいひとを辞めることができますから」

本当にこんな施設が実在するのだろうか。家に帰り、パソコンで検索してみたものの、一つもヒットしない。カルト教団みたいなものじゃないだろうか。怪しい団体で壺を買わされ、いつのまにか脱会できなくなるのではないか。

そんな疑念を拭《ぬぐ》えないままパンフレットに記された住所を頼りに向かった先には、ガラス張りの建物が空を映していた。看板はないが、中に入るとフロアの案内がパネルで表示されている。

「結構、立派なビルに入っているんだな……」

そもそもこんなものが実在することにも驚いている。４階でエレベーターが開くと、誰もいないレセプションが現れた。

〈サイテーは一日にしてならず〉

大きなポスターが壁に貼られ、カウンターには『御用の方はこちらを押してくださ い』と記されたボタンが置いてある。

「何か、御用ですか」

鳴らそうか迷っていると、女性がやってきた。

「あの、紹介されて来たんですけど」

「体験入会ですね」

「いえ、まだ何も決めてなくて。まずは見学というか説明を……」

「そうですか。ご案内しますので、こちらでお掛けになってお待ちください」

引かれた椅子に私は腰を下ろした。

目の前の棚にはクラーク博士像のように右手を伸ばす男性の銅像があり、台座に文字が刻まれている。

「Boys be kuzu ……」

馴染みのない単語に躓《つまず》いていると、後ろから女性の声がした。

「Boys be kuzubitious」

振り向くと、先程の女性が立っている。

「少年よ、クズであれ。当校の教育理念です」

そう言って、彼女は冊子を差し出した。

機関紙のようなものだろうか。〈サイテー通信〉と記され、表紙にはどこかで見た男の顔が写っている。

「釈明会見をしていた男だ……」

私はつい先日、テレビのワイドショーで流れていた光景を思い出した。

イクメン賞を受賞した俳優・不破《ふわ》ゴローが、妻の妊娠中に浮気をしたことが発覚し、たくさんのマイクやレポーターに囲まれていた。

「お騒がせして申し訳ありませんでした。ちょっと魔が差しまして」

スキャンダルを起こすたびに「魔が差しました」と弁解する彼は、ネット上で「マガサス」と呼ばれるようになると、便乗してマガサス・スタンプを発売し、世間の顰蹙を買っていた。

なまじ、イクメン・オブ・ザ・イヤーなんてものを受賞しなければこんなことにはならなかったろうに。ネットニュースでも多数扱われ、コメント欄には、イクメンなのにマガサスサイテーという声が多数を占める中、こんなもんだろという冷めたものや、いい加減プライベートを暴くな、相手の女も同罪、マガサスよくやった！　という文字が乱立していた。

「どうも彼は反省している気がしないですね。同じ浮気でも、奥さんが妊娠中なんて、ほんとサイテーです」

こめかみに血管を浮き上がらせて糾弾《きゅうだん》する女性コメンテーターがテレビ画面に映っていた。

しかし、相手の女も相当強《したた》かではないだろうか。男の妻が妊娠中だとわかっていて浮気を受け入れたのであれば、それこそサイテーな女だ。そんなことを考えていると、つくづくいいひとでいることが馬鹿らしくなってくる。何を馬鹿正直に生きているのだ。正直者が馬鹿を見るのが世の常なのか。いっそ、サイテー男として生きる方がいいのではないか。ぼんやりニュースを見ながら、自分の人生がとてもつまらないものに感じたのだった。

「どうして彼が、ここに……」

冊子を開くと、彼のインタビューが載っていた。

〈イクメン・オブ・ザ・イヤーをもらったときに、チャンスだと思いました〉

受賞がサイテー男として飛翔するための滑走路になったと語っている。この養成所と何か関係があるのだろうか。パラパラと捲《めく》っていると、他にも、週刊誌を賑わせている顔がずらりと並んでいる。

「すごいでしょ。世間でサイテーと呼ばれている人はほとんど、うちの養成所出身なんですよ」

いつの間にか背後に立っていた受付の女性が誇らしげに言う。

「もともとはみんないいひとだったんですけどね」

「そうなんですか」

「そうよ。でも、みんなうちで努力して、立派なサイテー男になりました」

「立派なサイテー男……」

「著名人だけではないですよ」

私は冊子を捲りながら話を聞いていた。

「美容師、バンドのベース、整体師は特にうちの卒業生が活躍しています」

彼女は指を折って説明する。

「あと、最近では、パーソナルトレーナーなんかも多いんですよ」

頭の中が散らかったまま授業の様子を見ることになった。広いワンフロアにパーテーションで仕切られた小部屋がいくつも並び、生徒三人に対して講師一人の割合でレッスンが行われているようだ。

「ここが教室なんですか」

「そうですね、段階によって分けられています」

カリキュラムの説明を聞きながら歩いていると、パーテーション越しに声がした。

「よかったら、ご一緒にどうですか」

丸い眼鏡をかけた男性が顔を出している。レッスンを受けませんかということだろう。彼女も是非どうぞという表情をしている。部屋には、すでに人の良さそうな男性生徒が二人いて、椅子が一つ空いていた。

「どうぞ、おかけになってください」

二人の生徒は私を見るなり、軽く会釈をした。丸い眼鏡の男が講師で、ネームプレートには下衆山《げすやま》と書かれている。

「では、早速始めましょうか。どうですか、田辺《たなべ》さん。この一週間、ドタキャンできましたか」

「それが、やっぱりだめでした。いざやろうと思っても、どうしても自分の中のいいひとが邪魔をしてしまって」

「そうですか、まだ怖いですよね。塚田《つかだ》さんはいかがですか」

「実は、私、2回もしちゃいました」

「2回も、すごいじゃないですか」

「一つは友人との約束で、一つは取引先です」

「はぁ、取引先を」

「それは立派ですね、おめでとうございます」

田辺と呼ばれる生徒が小さく拍手している。

「ちなみにどうですか、したことありますか」

三人の視線が私に向けられた。

「え、ドタキャンですか、どうだろう、したことないと思います」

「できるような人ならここに来ないですよね。でも、ドタキャンはサイテー男への入り口、ゲートウェイです。ここに罪悪感を抱いてはいけません」

下衆山の表情が柔らかくなった。

「以前、インドに視察に行ったのですが、噂通り、あそこはドタキャンの聖地でした。ドタキャンどころか、キャンセルの連絡もない。もちろん、誰も咎《とが》めたりもしません。ペルーやボリビアでもそうでした。このインドや南米の精神を見習う必要があります」

田辺は頷きながら下衆山の話をメモしている。

「でも、信用を失うことになってしまいませんか」

私が訊ねると、下衆山は諭すように言う。

「今日は体験レッスンだからしょうがないですけど、いいですか、社会的信用なんて幻想なんです。信用が何かしてくれましたか。信用があってよかったって実感したことありますか」

隣の田辺が目に涙を浮かべている。

「信用なんて溜めても荷物になるだけ、自分を苦しめるだけです。自分を縛るものをどんどん解《ほど》いていきましょう」

塚田と呼ばれていた生徒が、私に耳打ちした。

「ちなみに先生はご自身の結婚式をドタキャンしたんですよ」

「結婚式を？」

「それも当日の朝。すごいですよね」

下衆山は田辺に携帯を出すように促した。

「じゃあ、田辺さん、やってみましょうか」

「え、今ですか」

「もちろんです。今夜、もしくは明日入っている予定はありませんか」

「え、今夜ですか……ないです」

「田辺さん、ここでは嘘はつかなくていいんですよ」

「え、あ、実は、今夜は友人と飲みに行く約束がありまして」

「いいじゃないですか、やってみましょう」

田辺が小さくうなりながら携帯を見つめている。深く息を吸っては吐き、意を決して発信ボタンを押した。どうか出ないでくれという彼の願いは、数回のコールで打ち砕かれる。

「あっ、あの今夜の会食なんですけど……。たしか19時でしたよね……。それが、いや、その確認で。今夜楽しみにしています」

下衆山と塚田は大きなため息を漏らした。


1時間くらい経っただろうか。体験レッスンの余韻に浸る私に声を掛ける男がいた。

「見るからに、いいひとそうですね」

振り向いた時にはもう、その男は私の目の前で大きな耳たぶを揺らしていた。こういうものですと手渡された名刺には、〈所長・薄木田《うすきだ》ヒロシ〉と書かれている。

「初めて受講したんですが、なかなか衝撃の連続で」

「最初はみんなそうです」

「自分もなれるでしょうか、サイテー男に」

「もちろんです。やがて気づきますよ、サイテーこそ最高であることに」

「サイテーこそ、最高……」

彼は左の耳たぶを触りながら言った。

「どうですか、入会されますか？」

「そうですね、今日はちょっと見学だけと思っていたので」

二の足を踏む私の背中を押すように彼は言う。

「いいんですか。無料体験で様子を見ようっていうようじゃ、いつまで経ってもいいひとのままですよ」

「そうですよね」

「石橋を叩く癖がついているんです」

彼は私から一切目を逸らさずに続けた。

「グループレッスンだと時間がかかりますので、マンツーマンになさいますか」

「でも、まだ、今日のところは」

躊躇う私に彼は畳み掛けてきた。

「お急ぎでしたら、合宿コースもありますから」

「合宿コース」

「最短で20日コースもあります」

「20日で、サイテー男になれるんですか」

「ええ、もちろんです。ただ、順調に進んだ場合ですが」

「でも、会社、休むわけにいかないし」

すると薄木田が、子供を叱るように私の名前を呼んだ。

「平田さん」

「はい」

「それです。会社のことを考えている。その時あなたはいいひとになっているんです。覚えていてください、いいひとはモンスターなんです」

「モンスター?」

「そう、あなたはモンスターに取り憑かれているんです。そのモンスターを倒すために、この養成所があります。サイテーは一日にしてならず。日々の積み重ねです。平田さん、頑張りましょう」

薄木田は私の肩に手を載せた。私は、はいとは言えなかった。

「万が一会社に居場所がなくなったら相談してください。うちで働くこともできますから」

「どういうことでしょうか」

「うちは派遣もやっていますので」

「派遣？　何をですか」

「もちろん、サイテー男を、です」

彼は微笑んだ。

「とにかく、後先考えたらだめですよ。考えたって、いいことはないんですから。成り行き任せで行きましょう」

その晩、半ば放心状態で帰宅した私は、今日の体験がすべて夢の中の出来事だったような気がした。ポケットを探ると、薄木田の名刺が入っていた。


「サイテー男の養成所？」

名刺を見るなり佳恵が言った。

「はい、サイテー男専門学校、通称クズ専と言われているそうです」

「クズ専っていいわね」

「女はみんなクズ専だからね」

マスターがパンフレットをパラパラと捲っている。

「派遣って、どこに派遣するんだろ」

「独身女性だったり、企業だったり、色々派遣先があるみたいで、最近はクズティファイなる定額制サービスも導入されたようです」

私は薄木田から聞いた話をそのまま伝えることにした。

「っていうか、なんでマガサスが載ってるの」

美和は〈サイテー通信〉を眺めている。

「え、うそ、ほんとだ」

佳恵は覗き込んだ。

「どうやら、クズ専出身のようです」

「私、マガサスが派遣されたら、ヤっちゃうかも」

「そのクズティファイ登録してみようかな」

私は薄木田の話を付け足した。

「なんでも、政府の少子化対策の一環らしくて、国から補助金も出ているそうで」

「補助金？　どうしてサイテー男がお金もらえるの」

「なんでも一環って言えば済むと思って。大事な税金なのに」

「そう思いますよね。それがどうやら、世の中にはサイテー男が必要だってことらしいんです」

「どしてよ」

佳恵と美和の声が重なった。

「近年、性交渉をしないまま生涯を終える人が増えているそうで」

「あ、それ聞いたことある。一生セックスしない人が増えてるって」

「え、何、一生処女ってこと？　考えられない」

「実際、生涯処女率は上がっているそうで、男性の草食化がその一因になっているんです」

「それで、サイテー男に処女膜を破らせるってことか」

佳恵がそう言いながら目玉焼きにフォークを刺すと、半熟の黄身がゆっくりと広がった。

「あと、生物的にもサイテー男がいないと人類は種を保持できない。やっぱりみんながいいひとじゃダメなんだってことらしくて」

「へー、随分重宝されているのね」

「真面目な人間が補助されないで、サイテーな人間が補助されるなんて。世の中どうかしてる」

「サイテーなのは世の中ね」

そう言って、佳恵がぽんと放り投げた名刺がテーブル上の水滴を吸いこんだ。

それから私は、会社帰りや休日を利用して養成所に通い、レッスンを受けるようになった。

「じゃあ、平田さん。この女性に話し掛けてみてください」

下衆山が女性のパネルを掲げている。

「今日もいい天気ですね。気分はいかがですか」

すると彼は首を横に振りながら、

「ちょっと平田さん、ここはいいひと養成所じゃないですよ」

「あ、そうでした」

「今日もおっぱいおっきいですね」

「お、おっぱい？」

「そう、おっぱいおっきいですね」

　隣の田辺がノートにメモをしている。

「でも、そんなことというと、セクハラになりませんか。しかも、そんなに大きくはなさそうですけど」

「いいのいいの、狙いはこの女性を口説くことじゃない。あなたがいいひとから脱却すること、サイテー男になることだから。目の前の女性や社会に好かれようとしているから、いいひとになっちゃう。全ての女性に対し、抵抗なくおっぱいおっきいねって言える人間になることがこのレッスンの目的なんだから。はい、じゃあ、もう一回」

　次のパネルには別の女性が写っていた。

「目がとても綺麗ですね」

「平田さん」

「はい。お、おっぱい大きいですね」

「そう。目なんて褒めたって何にも得るものないですよ。当たり障りないことを言う男が一番魅力ないですから。いいですか、目が大きい人にはこう言ってください」

　彼はパネルを見つめる。

「いいケツしてますねー」

「いいケツ？　お尻？」

田辺がクラシックを聞くようにゆっくり頷きながら、色のついたペンでメモをしている。

「いいですか、とにかく女はケツを褒める。それがサイテー男の嗜《たしな》み。目的はいいひとに見られることじゃない。罪悪感を捨てること」

次は国語の授業。誤った諺《ことわざ》を正しく直しなさいというものだった。

「じゃあ、田辺さん、どうぞ」

田辺が指されると、即座に立ちあがりホワイトボードに並んだ諺を片っ端から薙ぎ倒すように答えた。

「えぇと、転ばぬ先の杖じゃなくて、杖に躓いて転ぶ」

「はい正解」

「石橋を叩いて渡るじゃなくて、石橋を叩き壊す」

「はい、正解」

「猿も木から落ちるじゃなくて、猿も朝からシコる」

「はい、さすが田辺さん、お見事」

「ありがとうございます」

落ちこぼれないように、私は必死にしがみついていた。なかには興味深い授業もあった。歴史と称し、偉人たちから生き方を学ぶ授業。配られたプリントには、世界の文豪や作曲家、画家たちの顔が並んでいる。

「じゃあ、この中で誰がサイテー男かわかるか」

私は、顔つきからドストエフスキーを選び、田辺は、ベートーベンをあげた。

「そう、みんな正解。ここにいる全員がクズだ」

ヒートアップする下衆山の口調に室内も騒がしくなった。

「世界に名を残した偉人と呼ばれる者は、みなサイテー男だ」

そう言って、彼は世界の文豪の名を列挙する。

「ドストエフスキーはギャンブル狂で借金まみれ。出版社から前借りした金も全てギャンブルに突っ込んだ。エドガー・アラン・ポーなんて、27歳になって13歳の従妹に手紙を送って結婚している。国内に目を向けてみてもそうだ」

彼は一首の歌を朗読した。

「はたらけど　はたらけど猶　わが生活《くらし》　楽にならざり　ぢつと手を見る」

石川啄木《いしかわたくぼく》ですね、と田辺は答えた。

「こんな切ない歌を詠んだ啄木は、借りた金で遊郭へ行き、友人の借金を踏み倒し、自分の結婚式も面倒くさくなってドタキャン。家族を扶養《ふよう》しないし手紙も無視、筋金入りのクズ」

下衆山はキッパリと言う。しかも、啄木に限らず、作家はもれなくクズだと重ねる。

「もはや、作家と書いてクズと読んでもいいくらい、イカれている人間ばっかりだから。文学という鎖で繋ぎ止めた野犬みたいなもんだよ」

「先生、ベートーベンもかなりやばかったって聞きますよ」

田辺が焚き付けるように口を挟む。

「あぁ、もちろんだ。音楽家もなかなかイカれているぞ。音楽室に肖像画飾ってあるよな。あそこの作曲家は全員サイテー男だからな」

田辺が待ってましたとばかりに目を輝かせている。

「ベートーベンは癇癪《かんしゃく》持ちで、すぐに物を投げたり、噛み付いたりしていた。『月の光』で有名な印象主義の作曲家ドビュッシーなんか、借金踏み倒しはもちろん、人の悪口ばっかり言って、おまけに女癖の悪さまでついてきて、奥さんや恋人を自殺未遂に追い込んでいる。そう考えると、あの柔らかな旋律も恐ろしく聞こえてくるな」

他にも、ブラームスはシューマンに面倒をみてもらっておきながらシューマンの奥さんのクララとセックスしていた。モーツァルトはうんこ大好きなスカトロマニア、など次から次へと作曲家たちのサイテーエピソードが出てきた。

「偉大な旋律は、サイテーな生活の上に生まれたんだ。五線譜がなかったら、彼らは完全にアウトだったな」

「芸術はクズの排泄物ってことですね。そして凡人は、その排泄物を食べているんですね」

田辺が鬼の首を取ったように言う。

「ちなみに喜劇王チャップリンが『ロリコン』『フェラチオ』という言葉を広めたというのは有名だが、役者も例に洩れずクズだ。しかし最近は一度でも不倫したらバッシングされ、役者人生が終わる。おかしいよな。サイテーだから役者なのに、クズだとわかった途端に追放なんて、根っこを伐採した樹木に果実をくださいっていうようなもんで、そりゃ虫が良すぎるって話だよ」

下衆山は一度時計を見てから話を続けた。

「結局、何が重要かというと、偉人にいいひとはいないということ。ここ試験に出るからな。この世の中、サイテー男が作っているんだよ」

そうして彼は、語気を強めて言った。

「地球はクズで回っている」

授業終了のチャイムが鳴った。

偉人になるつもりは毛頭ないが、いいひとでいることに価値を見出せなくなった私は、ドタキャン、また貸し、横入り、遅刻、仮病、他人任せ、責任転嫁にその場しのぎ。馴染みのない行動に手を染め、日常でも率先してサイテーを意識するようにした。「いいひとになるな」というスローガンの下で。

「どうですか、レッスンの方は」

ある日、レッスンが終わると、所長の薄木田が私を呼び止めた。

「徐々に慣れてきたのか、いいひとでいることに違和感を覚え始めました」

「いい兆候です、顔つきも変わってきましたね、その調子でがんばりましょう。よかったら、この後食事でもいかがです」

薄木田に連れられ、養成所の近くにある鰻屋《うなぎや》にきた。

「どうですか。天然の鰻は美味しいでしょう」

「やっぱり養殖と違いますね。歯応えというか、弾力があって」

「そうですか、それならよかった。天然の鰻はとても希少ですから」

何も言わずに出されたら養殖か天然かの違いを判断できる自信はなかったが、確かに美味しかった。養成所の栄養士の指導で、最近は野菜など体にいいものは極力控え、ジャンクフードばかり食べていたからなおさらだった。

「サイテー男も、今はほとんどが養殖なんですよ」

「養殖？」

彼は肝吸《きもすい》のお椀を傾け、口に含んだ。

「ええ。根っからのサイテー男というのは近頃めっきり減りましてね。世間を賑わすサイテー男も、いまやほとんど養成所上りの養殖です」

そうなんですか、としか言えなかった。

「昔はたくさんいたんですけど、時代とともに減ってしまいました。今や、天然のサイテー男は絶滅危惧種と言ってもいいかもしれません」

そう言って彼はおしぼりで口の周りを拭った。

私は部下の武田を思い出した。

「私の部下にサイテーと思われる男がいるんですけど」

できちゃった結婚したのちも遊びまくっていることを説明した。

「その程度であれば、きっと養殖ですね。マニュアル通りですし。もしかしたら、うちに通っていた生徒かもしれないですよ」

薄木田は続ける。

「今は、ほとんどが養殖ですが、天然とほとんど見分けがつきません。近頃の鰻と同じように。まぁ、天然でも養殖でも、どちらも美味しいですからね、鰻は」

そう言って目を細める彼も、もしかしたら養殖なのではないかと感じたが、訊ねるのは遠慮した。

「ちなみに、先ほど絶滅危惧種と仰いましたが、絶滅すると、何かまずいことが起きるんでしょうか」

デザートのゆずシャーベットを竹の菓子切で崩しながら、私は訊ねた。

「大変なことになりますよ。生態系が狂い、人類の存亡に関わります」

彼の表情から笑みが消えた。

「人類には一定数、サイテー男が必要なんです。いいひとだけじゃ、世界は滅びてしまう。女性は、その真理を知っているからサイテー男に惹かれるのです」

薄木田は木箱から爪楊枝を取り出した。

「それって、いわゆる母性本能なのでしょうか」

と私が言い終わる前に、彼は首を横にふった。

「結局、女性に限らず、人は、正しさなんて求めていないんです」

私は、彼の顔を見た。

「不倫が絶対悪だなんて本気で思っている人いないでしょ。あれはストレス発散、叩きたいだけなんだから。むしろ不倫した事を中途半端に謝ったり正当化するのがいけない。開き直ればいいんですよ。正直に、欲望に負けましたって言っちゃえばいいんです」

私は、皿の上を滑っているシャーベットの破片を、菓子切の先で追いかけながら聞いていた。

後日、薄木田は見せたいものがあるからと、養成所にあるマネージャールームへ私を案内した。

「ここは私の仕事場なんですが」

鍵を回して扉が開くと、そこには一台の古びたピアノが置かれていた。薄木田が椅子に腰掛け蓋を持ち上げると、年季の入った鍵盤が現れる。そして、皺だらけの彼の指が鍵盤の上を踊り始めた。

「平田さん、なんの曲かわかりますか」

私はうっとり聴き入っていた。

「なんでしたっけ、有名な曲ですよね」

「これはショパンのノクターンという曲ですが、でも何か、違和感ありませんか」

「言われてみると、なんか、音程が不安定というか」

「そうです、これ、調律していないんですよ」

「へー、調律を」

私はなんとなく、わかったふりをした。

「ピアノは調律しないと音程が狂うんです。でも、これはこれでよくないですか」

確かに、不安定ではあるものの、嫌悪感を抱くようなものではなく、味のある音色だった。

「音程を外さずに歌ったからといって、人が感動するとは限りませんからね。むしろ、踏み外した時、人の心は動くのです」

彼は演奏をやめると、端に溜まった埃《ほこり》を指で拭い、ふっと息を吹きかけた。

「テレビを見てもそうでしょう。出てる人はクズばかりじゃないですか。潜在的に求められているんですよ。実はみんな憧れているんです。本当はこういう人になりたいのになれない。その気持ちが、あるときは炎上になる」

そして彼はピアノの蓋を下ろして言った。

「サイテー人間というのは、いわば、調律されていないピアノなんです」

「ここのカレー屋さん、ネパール人がやってるんだけど、結構本格的でありだね」

自宅のテーブルの向こうで詩織がナンを頬張っている。スポーツカーで迎えに来た男のことを訊ねたい気持ちを抑えながら、私は無意識にナンを細かく千切っていた。

「ちょっと、千切りすぎじゃない」

そう言って詩織は笑うと、テーブルの上に置かれたＣＤを目に留めた。

「ねぇ、お兄ちゃん、グリーン・デイなんて聞くの」

「え、あぁ、まぁ時々ね」

実際は、再生するプレイヤーがなく一度も聞いていなかったが、薄木田から渡されていたアルバムだったので、つい誤魔化してしまった。

「えー、意外」

「え、そうかな。聞いていると、なんか落ち着くんだよね」

「わかる！　激しいんだけど、落ち着く」

「そう、逆にね」

「いつだったか、来日したときコンサート行ったなぁ。パンクって子宮に響くんだよね。最近はすっかりご無沙汰だなぁ」

懐かしそうにブックレットを眺める詩織を見て、私は、今日もあの男が迎えにくるのだろうかと気になっていた。


「お、グリーン・デイ？　いいねぇ、パンクだねぇ」

そう言って、ヴィーナスのマスターは取り出したＣＤをセットした。

「薦められたんですけど、うち、再生する機械がなくて」

すると、普段は穏やかなジャズが流れているスピーカーから、激しいドラムと唸るようなギターの音が流れてきた。

「うわぁ、悪ガキって感じ、最高」

「またライブ行きたくなる」

佳恵と美和が座ったまま頭を揺らし始めた。

「声が子宮に響くんだよね」

「そう、あれ快感」

初めて聴く曲だった。これをパンクというのか。私は、なんという曲かマスターに訊ねると、佳恵が即座に答えた。

「Nice Guys Finish Last」

「どういう意味？」

「ナイスガイは最後に果てる」

「最後に果てる？」

「そう、遅漏ってこと」

「遅漏をこんな軽快に歌うなんて、さすがパンク」

「ちょっと待って、和訳あるよ」

ブックレットを手にしたマスターが口を挟む。

「いい奴はモテない、だって」

「え、そういう意味なの。私ずっと遅漏の曲だと思ってた」

「ほんと、あんた最高だわ」

「その時付き合ってた男が早漏でうんざりしていたからかも」

「それにしても、いいひとがモテないのって、万国共通なのね」

「確かに、そうだ」

私は、そのタイトルを小さく口にしてみた。雷鳴のようなドラムの音に乗って、ボーカルの声が店内を駆け巡っていた。

「サイテーだな、あんた」

目を開けると、つり革に摑まった若い男性が私を睨みつけている。

「目の前にお年寄りがいるのに、寝ているふりするなんて」

どうやらその言葉は私に向けられている。

「寝ているふり？」

考え事をしていて、お年寄りの存在に気づいていなかった。

「え、あ、いや、そういうわけじゃ」

「別にいいんですよ、もうすぐ降りますから」

老人は宥《なだ》めるように言うが、周囲の視線が痛かった。しかし、その痛みの中に、かすかに気持ちのいい感触があった。

「サイテーだな、あんた」

若者から放たれた言葉が頭の中をぐるぐる回っている。もしかしたら、人生で初めてかもしれない。

私は、最寄駅で電車を降りると、そのまま商店街を駆け抜け、まるで勝訴と書かれた紙を持って法廷からカメラ前に走ってくるスーツ姿の男のように、ヴィーナスに飛び込んだ。

「なになに、どうしたの」

コップを拭きながら、マスターが訊ねてくる。

「ついに、言われました」

「言われたって、何を」

「サイテーって、電車の中で」

「電車の中で？　痴漢でもしたの」

「違うんです、目の前にお年寄りがいるのに気づかず座っていたら、近くにいた若者が私に向かって、サイテーだなって」

「え、それを報告しにきたの」

「そうです、あまりにも嬉しくて」

マスターはコップに水を注ぐと、私の前に置いた。私は一気に飲み干し、呼吸を整えた。

「おそらく人生で初めてだと思います」

私は車内での出来事を養成所でも報告した。

「よかったじゃないですか」

他の生徒も手を叩いて讃えてくれた。

「最初は、非難されていることに困惑したんですけど、後からじわじわ悦びがやってきて。たとえ、たまたまだとしても、初めて言われた感動は忘れられないです」

「今日はサイテー記念日ですね、毎年お祝いしましょう」

「こんなに気持ちのいいものだとは」

いいひとから一歩抜け出せたようで嬉しかった。


それからというもの、私は、サイテーと呼ばれることに徐々に快感を覚えるようになってきた。そして、どうして今までいいひとでいたのだろうかと疑問さえ感じ始めた。罪悪感がなくなった、いやむしろ、いいひとでいることに罪悪感を抱き始めていた。

商店街を歩いても、顔馴染みの店主が挨拶をしてくれば、いつもなら微笑んで挨拶を返すが、私は、聞こえないふりをした。つい反応してしまいそうになる気持ちを振り払いながら、私は歩いた。もう、いいひとじゃないんだ、そう自分に言い聞かせながら。

タクシーに乗る時も、いつもなら近くて申し訳ないです、○○までお願いします、と丁重に伝えるところだが、あえて運転手に横柄な態度で接するよう努めた。私はサイテーな男なんだ、そう自分に言い聞かせながら。

「道知らないならタクシー運転手やっちゃダメでしょ」

「プロなんだから、裏道くらい覚えておいてよ」

「これ、会社に報告しておくから」

当初抱いていた運転手に対する申し訳なさは、次第になくなっていった。生き方が180度変わった。世の中の景色が変わった。ちまちま貯金せず、FXや仮想通貨で投資することに味を占めた。理髪師には不満を言い、エレベーターに駆け寄る人を無視して扉を閉めた。

「なんか、最近、平田さんの様子おかしくない？」

「顔つきも違うし、人が変わったみたい」

「っていうか、タバコ吸ってたっけ」

かつての私はいなくなった。タバコを吸うようになり、「喫煙所の主」と呼ばれた。部下の女性に手を出し、あっさりと童貞を捨てた。マスター秘伝の指南書は役に立たなかった。内外で悪い噂が流れようとも意に介さなかった。

体だけの関係と割り切ると、マッチング・アプリでも簡単に女性と出会えた。

「帰るの？」

私は聞こえないふりをして、タバコを枕元の灰皿で揉み消し、体を起こした。

「ヤりたい時だけ連絡して、自分が満足したらすぐ帰るんだ」

ベッドの上で布団にくるまって女が言う。

私は黙って財布から一万円札を2枚抜き出すと、彼女のカバンの中に突っ込んだ。

「サイテーな男」

彼女の呟きが私の鼓膜《こまく》をくすぐった。

「え、今なんて言った」

「別に、何も」

「今、言っただろ、なんて言った」

私は、彼女の顔に迫った。

「サイテーって言ったの」

彼女は目を逸《そ》らし、吐き捨てるように言う。

「どうしてサイテーなんだよ、どこがサイテーなんだよ」

「サイテーな男にサイテーって言って何が悪いの」

「悪いことなんてないさ、感動しているのさ」

「感動？」

「そうだよ。もっと言ってくれよ、サイテーって」

「え、何、どしたの。何か変なもの食べたの」

「やっぱりそうか。ついに女に言われたぞ。私はもういいひとじゃない。サイテーな男になったんだ」

彼女は戸惑っている。

「なぁ、どこら辺がサイテーだった？　すぐ帰るところ？　自分がイッたらやめちゃうところ？　２万円？　なぁ、どこら辺がサイテーだった」

私は彼女の肩を揺さぶった。

「ちょっと、落ち着いてよ」

「これが落ち着いてられるか。ついにこの日が来たんだ。ずっとこの瞬間を待っていたんだ。ありがとう、君のおかげだよ」

私は彼女の体を強く抱きしめた。

「ちょっと何、苦しいって、もう」

私の頬を伝った涙が、彼女の背中に落ちていた。


「よかったですね」

相談所の姫野は微笑みながら言った。

「偶然ではなく、しかも、女性から浴びるサイテーは格別でした」

話しているとあの時の興奮が蘇ってくる。きっと、たくさん浴びることで、真のサイテー男になるのだろう。サイテー男は、女が作るのかもしれない。

「こんなに清々《すがすが》しい気分になるとは思いませんでしたよ。どうして今までいいひとでいたんだろうって。それもこれも、あの時、あなたが私に言って気づかせてくれたおかげです。本当に感謝しています」

私は姫野の前で頭を深く下げた。

「そんな、大袈裟ですよ。別に、いいんですよ」

「もしよかったら、お礼にお食事でもいかがですか」

「え？　お食事？」

私は、フランス料理店に姫野を誘った。静かなクラシック音楽が流れる店内。シャンパンがグラスを黄金色に染めている。

「そもそも、どうして結婚相談所を始めたんですか」

私は、ナイフとフォークを交互に動かしながら訊ねた。

「昔から友達の彼氏を見つけてあげるのが好きで」

「そういう女子いましたよね。バレンタインとか、男子を呼びにきたりして」

「そうそう、よくやった。自分も幸せになるし、こういうことを仕事にしたいなって」

「へー、それで会社を」

「立ち上げるときは、何度も挫《くじ》けそうになりましたけど」

そういって、彼女はシャンパングラスを唇にあてた。

「ちなみに、姫野さんはご結婚って、いつ頃？」

彼女は何も言わず笑みをこぼした。

「え、もしかして」

「酷い話でしょ。人には偉そうなこと言っておいて、私自身は一度も」

私は彼女が独身であることに少々驚いたが、平静を装った。

「ほら、サザエさんを描いた長谷川町子《はせがわまちこ》だって、ずっと独身だった訳だし、そういうものじゃないですか」

「そう言ってくれるとホッとします」

彼女の瞳が潤んで見えた。

「実は、ドタキャンされたんです」

「ドタキャン？　何を」

「結婚式です、式の当日に」

私は目を丸くした。

「まぁ、それは大変でしたね」

「パニックで頭がおかしくなりそうでした。でも、そういう人の伴侶《はんりょ》にならなくてよかったと思えば、まだ救われます」

「それにしても、サイテーだな、その男」

下衆山の顔が浮かんだ。

「ですよね。平田さんは、そういうサイテー人間にはならないでくださいね」

「私はその男の足元にも及びませんよ。じゃあ、今日は飲みましょう」

店を出ると、彼女はフラつくようにこちらにもたれかかってきた。

「あ、ごめんなさい。私、ちょっと飲みすぎちゃったみたいで」

「いいんですよ、今日は私に甘えてください」

二人を乗せたタクシーは、姫野の自宅に向かった。


「それで抱いちゃったの、相談所の人」

「うわーサイテー！」

佳恵と美和が私を指差しながら笑い、マスターは、よくやったと頷いている。

「ありがとうございます。以前、美和さんに教えてもらったことが役に立ちました」

感謝してね、と美和がウインクする。

「順調にいいひとじゃなくなってきているね」

「ヤリチン街道まっしぐらって感じ」

私の股間を佳恵が指で弾く。

「なんか、コツが摑めてきました。サイテー男の」

「それで、相談所の人とは」

「まぁ、一晩遊んだだけです」

「ほんとサイテー」

私は、着実にサイテー男への階段を昇っていた。結婚のことなどどうでもよくなり、男として、人間として、サイテーを極めたくなっていた。


〈しばらく休ませてもらいます。取引先に関しては、お手数おかけしますが、よろしくお願いします〉

会社にメールを送り、ノートパソコンを閉じた。

私は、これまで溜まった有給休暇をふんだんに活用し、「クズ専」強化合宿に参加することにした。サイテーの道を突き進むために。

〈了解。会社の研修旅行なんてあるんだね。お土産よろしくね〉

念のため連絡しておいた妹の詩織からのメールを携帯で確認すると、港を離れた船の上で海面に伸びる航路の跡をぼーっと眺めていた。向かうは強化合宿の地、斉底島《さいていじま》。20日後には最強のサイテー男として戻ってくるのだろうか。

「もしかして、合宿参加の方ですか」

坊主のように頭を丸め、度の強い眼鏡をかけた男が、こめかみに汗を溜めてこちらを見ている。

「どうしてわかったんですか」

「いえ、見た感じいいひとそうだなって」

いいひとがまだ滲みでてしまっているのかと、私にはこの言葉は嬉しくなかったが、汁川《しるかわ》と名乗る、人が良さそうな彼も合宿に参加するらしい。牛乳瓶の底のような分厚いレンズ越しの大きな目が理由を訊いて欲しそうにしていたので、私は期待に応えてやった。

「私は、いろんな人にお金を貸したら、全部返ってきませんでした。家内にも逃げられました。これ以上騙されたくなくて。しかも、そういうことが続くと騙される方が悪いみたいになってくるんです。清く正しく善人として生きるより、汚く濁って生きる方が強いような気がして。でも、どこで染み付いてしまったのか、全然抜けられないんですよね」

海を眺める彼の後頭部には、眼鏡が風で飛ばされないようにバンドが巻かれていた。

「人を信用しすぎちゃうんです。もっと、いい加減に生きたいのに」

私には彼の気持ちが痛いほど理解できた。

「世に蔓延《はびこ》るのは悪人ばかりで、いいひとが損をする」

彼の口から出た乾いた咳を風が攫《さら》っていく。

「きっとなれますよ、サイテーな男に。お互いがんばりましょう」

「よかったら、どうぞ」

そう言って、彼はポケットから小さなプラスチックケースを取り出し、パラパラとミント菓子のような白い粒を私の手のひらの上に撒いた。

「不道徳サプリです。不道徳を補充したいときに服用します」

島影《しまかげ》が見えてきた。〈ようこそ斉底島へ〉という手書きの横断幕が迫ってきている。

船着場から歩いて15分ほどのところに合宿所となる旅荘《りょそう》があり、そこで寝泊まりし、レッスンは隣の小さな廃校でも行われることになっていた。潮焼けした家屋が並ぶ集落を抜けると、それらしき古びた旅荘が現れた。敷居を跨ぐと、〈いいひとになるな〉と書かれた額縁《がくぶち》の前で、長髪に髭を蓄えた男が竹刀を持って仁王立ちしている。

「待ってたぞ」

教官の屑谷《くずたに》という男だった。

手渡された栞《しおり》には、一日のスケジュールなど、今後のカリキュラムが書かれていた。朝5時に起床し、ランニングから始まる。学科と実技、そして筋トレ。午後には瞑想の時間もあり、就寝は夜10時。休憩は、朝食後と昼休み、夕食前のみ。訓練生は「サイテーか」「サイテーだ」と、挨拶を交わさなければならない。

顔を見合わせる私と汁川に向かって、屑谷はこう説明する。

「サイテーの道は武道に通ずる。体力作りと精神鍛錬。体が強くなければ心もサイテー男にはなれない。荷物を部屋に置いたら、靴を持って大広間に来るように」

そう言って、彼は去っていった。

「結構、規律だらけですね」

「まるで、軍隊ですよ」

寝台列車のような四人部屋が割り当てられた私と汁川は、荷物を置き、一息つく間もなく大広間に向かうと、二十名ほどの訓練生が靴を手にして集まっている。

「これって、なんのレッスンなんですか」

すでに一週間前から参加している児玉《こだま》という男に訊ねた。

「土足で歩く練習です」

「土足で?」

「そうです。どうしても室内を土足で歩くことを躊躇ってしまうけど、鍛えれば室内はもちろん、人の心も土足で踏みにじれるようになるからと」

我々は、ぬかるみにひたし、泥まみれになった靴で、ふわふわのラグや真新しい畳の上を歩かされた。

「ほら、脱がなくていいんだぞ」

「いや、でも」

「いいんだよ、ほら、土足のまま思い切って」

汁川がかかとをつけずにそうっと歩く様子を私は遠巻きに見ていた。

土足で歩くのは絨毯《じゅうたん》や畳の上だけではなかった。

「さぁ、次は応用編。人の心も土足で歩くんだ。前を歩く女性が何か落とした。さて、どうする?」

拾ったらいいひとだから、これはスルーするのがいいだろう。

「はい。もちろん、スルーします」

汁川が背筋をのばして答えた。

「違う。正解はこうだ」

屑谷は竹刀を荒っぽく置いた。

「あ、ハンカチ落としましたよ、もしかして、下着も同じ柄ですか」

サイテーだ……。私は心の中で呟いた。次は私が指名された。

「飛行機で荷物を棚にあげられなくて困っている女性がいる。さて、どうする」

「見て見ぬふり、ですか」

「違う！」

その叫び声の余韻が残っているうちに、屑谷は模範を見せた。

「あ、僕、やりますよ。中のバイブは荷物検査大丈夫でしたか」

私は口を開けていた。屑谷は竹刀を拾って床を突いた。

「せっかくのチャンスを無駄にするんじゃない。優しさはサイテー男が放つ麻酔銃なんだから」

困惑する私と汁川に竹刀の先が向けられた。

「世間体を気にしたりとか、よく思われようとするな。とにかく、いいひとになるな」

私は、強化合宿のレベルの高さを感じた。

レッスンの合間にトイレに向かうと、使用禁止の貼り紙がしてあった。2階へ上がろうとすると、屑谷に呼び止められた。

「どこも使用禁止だぞ」

故障中なのかと思ったが、そうではなかった。

「外に広大なトイレがあるだろ」

私は耳を疑った。

「立ちション、野糞、それがクズへの近道。倫理観をぶっ壊すんだ」

「いや、でも」

「でもじゃないんだよ。サイテー男になりたくないのか。慣れればすぐに抵抗感はなくなるから安心しろ。今日なんて天気もいいし、野糞日和だぞ」

そういって彼はトイレットペーパーを放り投げた。私は表に出て用を足せる場所を探した。下を見ると、人糞らしきものに蠅が集《たか》っている。周囲を気にしながら私は木陰《こかげ》で尻を出した。気持ち良くはなかったが、屑谷の言うように、次第に抵抗感はなくなった。

ある朝、私は肩こりを治す器具のようなものを、他の訓練生の前で背中に装着させられた。

「日々の訓練で疲れているだろうからな、たまにはこりをほぐしてリラックスしてくれ」

私は、屑谷にもこんな優しい一面があるのかと意外に思った。だが、大広間の壁に掛けられたカレンダーの日付が合っていないことに気づき、捲りにいった時だった。

「うわぁ！」

体が激しくしびれ、摑んだカレンダーが天井に舞い上がった。

「なんですか、これ」

室内に屑谷の笑い声が響く。

「クズ男養成ギプスだ」

「養成ギプス？」

噂に聞いていたもの、初めて耳にしたもの、入り混じった声が上がった。

「いいひとになろうとしたら低周波の電気が流れるようになっている。ちなみに、体に害を与えるものではないから安心しろ」

「安心しろって言われても」

そう言って、衝撃でぶつかった人に謝ると、再び電流が走り、私は声をあげた。

「言ったろ、いいひとになるな」

私の反応が滑稽なのか、周囲の生徒たちからも笑い声が上がっていた。


到着して1週間がたった。美術の授業で、屑谷は我々を海へ引率した。

「僕、実は、アートに興味があるんです。こう言っちゃなんですけど、唯一《ゆいいつ》人に誇れるものがあるとしたら、絵を描くことなんです」

海へ行く道すがら、汁川が自作のポストカードを見せてくれた。暗い海の中をクラゲが漂っている。もらってほしそうにしているので、私は受け取ってポケットに入れた。

「見てみろ、すごいだろ」

海面にちりばめられた陽光。水平線の上に入道雲が浮かび、砂浜には巨大なモナ・リザが微笑んでいる。砂だけで陰影がはっきりしている。

「これは島の人が一生懸命作ってくださった、サンドアートだ」

「島の人が。すごいですね」

汁川が目を輝かせて眺めている。

「やがて消えてしまう花火のような美しさと儚さがあるな」

みんなでサンドアートを描くのかと思った私の予想を、屑谷は一言で覆した。

「じゃあ、汁川」

「はい！」

「波になってこい」

「え？」

「波になってこい」

「え？　僕が波に？」

「そうだ。波になって、モナ・リザを消してこい」

「いや、でも、せっかく島の人が……」

「どうせ満潮時に消えるんだから」

そう言って、電流のスイッチを見せる屑谷。すると、汁川はポケットから取り出したプラスチックケースを逆さにして口の中に大量の錠剤を流し込むと、眼鏡をバンドごと頭から引き剝がし、放り投げた。うおーと雄叫《おたけ》びをあげ、今までみたことのない鬼の形相をして走り出した。

「いいぞ、汁川。作るのは時間がかかるが、壊すのは一瞬だ」

そうして彼は、砂で描かれたモナ・リザを蹂躙《じゅうりん》した。

「チキショー！」

私は、彼の眼鏡が波に攫われないか気にしながら、発狂する汁川を眺めていた。

「さて、ちょっと小腹が減ったから、おやつにしよう」

きっとまた何かあるに違いないと思いながら屑谷のあとをついて行くと、人の行列ができている。行列の先頭では、「島のシュークリーム」というのぼりが揺らめいていた。

「じゃあ、お前、人数分買ってきてくれ」

金を渡された児玉はわかりましたと言ってのぼりに向かうと、行列の最後尾についた。

「うわぁ」

その途端、彼は呻き声をあげ、地面に金をばら撒いた。前に並ぶ人に怪訝な目を向けられている。スイッチを手にした屑谷は戻ってくるよう指示すると、彼を叱りつけた。

「ダメじゃないか、後ろに並んじゃ。横入りしなくちゃ」

「え、でも」

「でもじゃない、いいんだよ。罪悪感を捨てろ。いいひとになるな」

そう言って、屑谷がスイッチを掲げると、どこからか声が上がった。

「教官！　僕も一緒に行かせてください」

名乗り出た砂まみれの汁川と児玉の二人で横入りにチャレンジすることになった。彼らは走り出すと、行列の真ん中に白々しく入り込んだ。後ろに並ぶ人たちに注意を受けても無視し続けていた。

「おお、いいぞ、サイテーな客だ」

嬉しそうに呟く屑谷を太陽が照らしていた。


午後の瞑想の時間が始まると、参加者全員が畳の上で胡座《あぐら》をかき目を閉じた。屑谷は竹刀をゆらし、畳の軋む音を響かせながら歩いている。

「お前たちは誤解している。自分の中にいいひとがいるなんて思っていたら、それは間違いだ。そんなものはいない。じゃあ、どうしてお前らがいいひとになってしまうかわかるか」

参加者は黙って、続く言葉を待っている。

「答えは簡単だ。それは、自信がないからだ」

私は屑谷の往来の気配を背中で感じながら目を瞑っていた。

「根拠のない自信を持つことも大事だが、実は、根拠はちゃんとある」

そして屑谷は、竹刀の先で畳をどんと突いた。

「いいか。生まれてきただけで、お前たちは勝者なんだよ。何億という競争相手がいる中で勝ち残り、お前たちは優勝したんだ」

　私は競争に勝った覚えはなかった。

「もしも別の精子に追い抜かれていたら、お前たちはこの世に存在すらしていない。お前たちは勝ったんだ。この世界に生きる者に有能も無能もない。そう振り分けている社会が悪なんだよ。だからもう、生まれてきた時点でゴール。あとはおまけなんだから、好き勝手に楽しめばいいんだ」

　屑谷の言わんとすることがようやく把握できた。薄目を開けると、屑谷の一つに縛っている後ろ髪が、おたまじゃくしに見えた。


　空がオレンジ色に染まる頃、屑谷は廃校の校庭にある鉄棒で懸垂をしていた。両腕で身体を持ち上げては下ろしている。旅荘の窓から遠目に見ても、その胸や腕の筋肉の躍動が伝わってくるようだった。夕食を済ませ、各自入浴の支度《したく》に入る。露天風呂や卓球台など、温泉宿であった頃の名残《なごり》が随所に見られた。

「やっと半分ですね」

　湯船に浸かっていると、眼鏡を外し、手ぬぐいを頭に乗せた汁川が隣に並んだ。

「そうか、半分か」

「サイテーの道も、楽じゃないですね」

「僕らにとってはね」

「女性に恨みでもあるのかってくらい徹底しているからな、教官は」

汁川がそれとなく吐いた言葉が引っ掛かっていると、

「でも、今日の話、感動したなぁ」

「あぁ、精子の話ね」

「確かに、僕らは生まれた段階で勝者なんですよね。自信持っていいんですよね。なのに、みんなどうして生きていて苦悩するんだろうって。もっと、楽に生きたらいいのにって」

汁川が噛み締めている間に、私は先に上がろうとした。

「ちなみに覚えている？」

汁川が私を引き留めるように投げ掛けた。

「何を？」

「泳いでいた時のこと」

眼鏡をしていない彼の目はとても小さく感じた。

「え、そんなの覚えているわけないでしょ」

「僕は、少しだけ覚えているよ。一緒にゴールしようって誘ってきた奴がいたんだけど、ゴール直前で振り払ったんだよね」

火照った私の顔面を幾筋もの汗が滴っていく。

「一緒にゴールしていたら、双子として彼もこの世に生まれることができたんだな。そう思うと、僕はサイテーなことしたなって」

「サイテー？　そんなことないと思うけど」

ここではむしろサイテーと言ってあげたほうがよかったのかわからなかった。


翌朝、朝食を終え、皆が大広間で将棋をさしたり、テレビを見たり漫画を読んだり、束の間の休息を堪能していた。こうして共に厳しい訓練に耐えている仲間たちと過ごす時間が心地いいのは、皆がもともと「いいひと」だったからではないかと、ふと感じた。であるなら、わざわざ「サイテー」を目指さず、「いいひと」だけの世の中になればいいのではないだろうか。しかも、みんなが「いいひと」なら、そのせいでモテないということもなくなり、すべて解決するのではないか。

そんなことを考えていると、静寂《せいじゃく》を打ち破るように玄関の扉を叩く音がした。

「助けてください！　誰か、助けてください！」

窓ガラスが激しく震える音と交互に、男の声が聞こえる。

「なんだよ、朝っぱらからうるさいな」

「誰かがふざけているんじゃないのか」

大広間でくつろぐサイテー男予備軍たちは誰も動こうとしなかった。それでも扉を叩く音と声が止まないので、ちょっと見てくると児玉が面倒臭そうに立ち上がって出て行くや、すぐに戻ってきた。

「なんか、びしょ濡れになった男がいるんだけど」

その言葉に皆一斉に玄関に向かった。私も気になって見にいくと、玄関には、確かにびしょ濡れになった男が床を這うように両手をついて荒い呼吸をしている。

「どうしたんですか」

私は、川にでも落ちたのかと思った。

「助けてください！　助けてください！」

顔をくしゃくしゃにして叫んでいる。

「一体、何があったんですか、落ち着いてください」

「島から逃げてきたんです。お願いします、助けてください」

「島？」

彼は肩を大きく揺らしながら応えた。

「ここから数キロ離れたところにある島です。もう、あそこにはいたくないです」

彼は命からがら泳いでこの島にやってきたようだった。

「どうぞ、お使いください」

私は湯上がりの彼にタオルと簡易な衣服を渡した。

「よかったら、話を聞かせてもらえますか」

「はい、えっと」

どこから話したらいいだろうと言いながら、彼は口を動かし始めた。

「ここから数キロ離れたところに善行島《ぜんこうじま》という島がありまして、そこで生活をしていたんです」

「善行島……」

私にとって初めて耳にする島だった。

「ええ、とてものどかで穏やかな島でした。変なルールができるまでは」

「変なルール？」

「はい。というのも、あそこは、俗にいういいひとばかりが住む島で、島で起こる悪い事は全て悪人によるもの。ならば、悪人は処罰し、島から排除しようというルールができたんです。最初は良かったんです。皆も賛成でした。いいひとだけで構成する島はきっと素晴らしいだろうと。しかし、現実は違いました」

彼は気持ちを落ち着かせるためか、お茶を一口すすった。

「悪人を排除して、いいひとだけになると、皆、退屈してしまうのか、いいひとでいることを競うようになりました。するとどうでしょう。些細《ささい》なことを咎めるようになってしまいました。時間に遅れたり、借りたものを返しそびれたり、些細なことでも悪行だと難癖をつけて、皆で吊し上げるようになったのです。処罰する対象を探すことに躍起になって、穏やかだった島民が、いつの間にか攻撃的になっていったのです。和やかな挨拶は消え、どこか強制的、義務的な挨拶のようになり、外面《そとづら》がいいだけで、家に帰るとDVをしていたり、偉そうにする人も多くて。みんなビクビクしながら生活し、島の暮らしは忽《たちま》ち息苦しくなっていったのです」

いつの間にか脱衣所に大勢が集まっている。柱にもたれる一人の男が声を発した。

「俺、聞いたことある。そもそもこの島は無人島だったんだけど、あの島から排除された人間が住み始めたのがこの斉底島の由来だって」

彼は数回頷くと、窓を指さした。

「見えますか、あの煙」

遠くの海に浮かぶ島から白煙が立ちのぼっている。

「あれは放火による煙です」

「放火？」

「ええ。憂さ晴らしなのか、逆恨みなのか、善行島では放火事件が起きるようになってしまいました。24時間いいひとでいる、その歪みが放火を生んだんです。それ以来、島では監視カメラをつけるようになりました。誰もが監視され、見張られています。あまり言いたくないですが」

そこで一呼吸置き、彼は続けた。

「悪人を排除する前よりも、島は悪くなってしまったと思います。いいひとだけが集まると、こんなに恐ろしいことになるなんて」

そして、彼は心の底から湧き上がる想いを吐き出すように言った。

「いいひとだけでは、だめなんです」

私には、彼が嘘をついているようには見えなかった。

「じゃあ、しばらくこの島で暮らしたらどうですか」

どこからか声が上がった。

「いいんですか」

「サイテーな人間ばかりですけど、ここでは誰も責めませんから」

顔を上げると、彼は目を潤ませ、唇を震わせていた。

「コラァ、こんなとこでサボって何やってんだ。全員タイヤ引いて校庭走って来い」

屑谷の竹刀が脱衣所で暴れた。

そうして、我々とともに強化合宿に参加するようになった彼は、翌朝、カレンダーを捲って低周波の洗礼を浴びた。


そうして、サイテー男を目指す者たちと数々の難関を越え、私は合宿最後の夜を迎えた。気が緩んだのか、連日の疲れと食後の眠気に負け、いつの間にか眠ってしまい、就寝時間を過ぎているが最後だからと慌てて浴場に向かった。いつもは参加者で賑わっている露天風呂に一人で浸かっていると、合宿での特訓の日々が脳裡に蘇ってきた。それにしても、教官はどうしてあそこまでサイテーになれるのだろうか。天然のサイテー男なのだろうか。すると、塀の向こうから物音がした。誰かいるのだろうか。

女湯でお湯を流す音や木桶を置く音が聞こえている。こんな遅くに誰だろう。旅荘の従業員だろうか。私はサイテー男になる絶好の機会だと感じた。気配を消し、塀に身を寄せ、板の隙間から片目で覗いた。湯煙の向こうで、椅子に腰掛け、お湯を流す女性の後ろ姿が見える。ふくよかな尻、贅肉のない背中、頭に巻いた長い髪。そして彼女が立ち上がった時だった。

「え」

私は目を疑った。湯船に足先を入れるその姿は、昼間竹刀を振りかざしている男だった。

「どうして、屑谷が……」

頭が混乱している。どうしていいかわからず、しばらく息を潜めた。そーっと露天風呂から上がり、音を立てないように濡れた体を拭い、脱衣所を出ると、屑谷が立っていた。

「サイテーだな」

その一言だけ放って、立ち去った。確かに、あれは屑谷だった。いや、何も見なかったことにしよう、そう言い聞かせ、部屋に戻った私は、いびきに囲まれながら瞼《まぶた》をおろした。

翌朝、そこに居たのはいつもの屑谷だった。

「厳しく辛い日々だったと思うが、間違いなくお前たちはサイテー男になった。しかし、都会はいいひとの誘惑が多いから、くれぐれも気をつけるように」

今日で合宿所を去る者に向けて、屑谷は労《ねぎら》いと激励の言葉を放った。

「最後に一つだけ言っておく。人間なんて、所詮、地球のゴミだ。排泄物だ。ゴミにいいも悪いもない。サイテー男として、立派な排泄物になってくれ。世の中のために」

送り出す屑谷の目は、心なしか優しく見えた。

「僕はもう少しここで修業します。健闘を祈ります」

そう言って、汁川は私の手を両手で強く包んだ。

船の出発を待っている間、荷物を整理していると、カバンに一通の便箋《びんせん》が差し込まれている。差出人の名は屑谷だった。


〈小学生の頃、クラスにいじめられている女の子がいた。いじめの主犯格は勉強もできる優等生の女子だった。やめなよと注意したら、次の日ターゲットが私に変わった。みんなに無視され、ものを隠された。そのうち、私が救った女の子まで加担するようになった。担任の女教師は取り合わない。そうして、私の中で女という生き物への嫌悪感が芽生え、憎悪が育まれた。自分が女であることも嫌になった。男になって、女をギャフンと言わせてやる。散々酷い目に遭わせてやる。そうして私は、サイテーの道に進んだ。サイテー男の養成は、私の、女としての、女に対する復讐。　屑谷さおり〉

船が霧笛《むてき》を鳴らした。

「女としての復讐……」

合宿から帰ってからも、しばらく屑谷の言葉が引っ掛かっていた。

私は、何かを恨んでいるのだろうか。サイテーを極めるのは、「いいひと」である私を殺した社会への復讐なのだろうか。いや、違う。私は、ただ、強くなりたいんだ。

それからというもの、私は見かけた女に手当たり次第アプローチした。網を広げるとこんなにも釣れるのかと思うくらい、たくさんの女性が引っ掛かった。女とセックスをすると、自尊心が満たされるのか、男としての自信が持てるようになった。光一の言っていた通りだ。その自信が次の女に繋がり、私は同時に複数の女性と関係を持つようになった。

「平田さんって、どうして彼女を作らないんですか」

「特定の彼女を作りたくないんだよね」

自分の口からこんな言葉が出る日が来るとは思いもしなかった。養成所でも上級者クラスにまで昇格し、〈サイテー通信〉の取材を受けることもあった。

「お久しぶりです。新しい校舎の話で、中々顔を出せませんでした。合宿はいかがでしたか」

養成所で帰り支度をしていると、薄木田に呼び止められた。

「おかげさまで、大変でしたけど、とても充実した20日間でした」

「どことなく、逞しくなった気がしますよ」

「え、そうですか」

すると彼は思い出したように言う。

「そうだ平田さん、もうすぐ検定がありますけど、どうですか」


「サイテー男検定？」

佳恵と美和が同時に声を上げる。

「はい、そういうのがあるみたいで」

3級までは筆記のみ、2級以上は実技・応用試験もあると説明した。

「まるで英検ね。で、受験するの」

「どうしようかな。別にそんな資格はなくてもいいんですけど」

「せっかくだから、受けてみたら。自分がどれくらいサイテーなのかわかるでしょ」

「ねぇ、このプロになるってどういうこと？」

美和が資料を見ながら言った。準1級以上を持っていると養成所講師として働くことができ、1級だとプロのサイテー男として国から補助金がもらえるシステムで、公務員的な扱いだと話した。

「公務員？」

「サイテー男が？」

「税金もらうなんて、ますますサイテーね」

「むしろヤリチン税徴収するべきでしょ」

すると、検定用の参考書を開き、美和が問題を読み上げた。

「なになに、舞台女優が演出家にこっぴどく叱られて泣いています。助監督のあなたはどうしますか。1、ハンカチを差し出す。2、放っておく」

「簡単じゃない、サイテーな方を選ぶんでしょ。なら、2でしょ」

「違うよ、1だよ。こういう時に優しさを見せる男って大抵サイテーなやつだから」

マスターが口を挟む。

「正解は、１番」

「ほらね」

「優しさはサイテー男の麻酔銃です、だって」

マスターは誇らしげな表情を浮かべた。

「さすがマスター」

「俺も検定受けて、公務員になろうかな」

そうして、学科試験の日が訪れた。


試験から帰ってくると、詩織が、お土産で買っていた「斉底サイダー」をグラスに注いでいた。テーブルの上にはデリバリーで頼んだ釜飯が並んでいる。

「最近、忙しそうだね」

「え、そうかな」

「だって、前はしょっちゅう家にいたのに。ここんとこ帰ってくるの遅いし」

「あぁ、取引先とのトラブルがあって、その処理に追われていたから」

私は、妹には嘘を吐きたくなかったが、咄嗟に出てしまった。サイテーな男にはなっても、サイテーな兄貴と思われたくなかった。

「どう？　釜飯」

「あ、意外と本格的で美味いね」

「そうでしょ、どれ頼んでも外さないよ。そのペットボトルの出汁を注いで……」

と言いかけて、詩織は突如席を立ち、トイレに駆け込んだ。

「ん、どした？」

しばらくしてトイレから出てきた詩織は私の方を見なかった。

「どうした、大丈夫か」

「うん、ごめんね、ちょっと休めば平気だから」

目を合わさず水を飲む妹の異変に、私はまだ気づいていなかった。


「もしかして、平田君？」

養成所からの帰り道、私を呼ぶ声が聞こえた。振り向くと、肩にバッグをかけ、紺色のスーツを着た女性がこちらを見て立っている。

「あ、やっぱりそうだ。私、わかる？　寿《ことぶき》だけど」

「コトブキ……」

思い当たる「コトブキ」は、中学の時に優等生だった寿さんのみだ。

「もしかして、中学で一緒だった」

「そう、思い出した？　久しぶり」

彼女の制服姿が記憶の底から浮かび上がった。そう言われれば、目元や声にも面影がある。

「当たり前だけど、大人っぽくなったね」

「大人っていうか、おばさんだけどね」

いわゆる、おばさんには見えなかった。すっかり大人の色香を漂わせ、美人になっている寿とクラスメート感覚で話すことに抵抗を抱く私の緊張を、彼女がほぐしてくれた。

「平田君も、すっかりおしゃれな大人になって」

「そうかな、すっかり中年だよ」

「だって平田君って、すごく真面目だったでしょ。学級委員とかやっていなかった？」

「やったっていうか、押し付けられていた感じだけど」

近くの小さな公園のブランコに私と寿は腰を下ろした。鎖を握る彼女の左手の薬指には指環がはめられている。

「ここら辺はよく来るの」

「あぁ、取引先の会社が近くにあってね」

養成所のことは言わずにいた。

「寿さんは？」

「私も、クライアントの会社がこの近くで」

彼女は、母親が結婚式を挙げられなかったとよく嘆いていたことから、ウェディング・プランナーという仕事に就いたのだと言った。

「プランナーなんて、ちょっと大袈裟でしょ」

「人の人生の大きな節目を演出するなんて、素敵だね」

「でも、人の幸せばっかり考えていたら、自分の幸せが疎かになっちゃったみたい」

ブランコの軋む音が聞こえてくる。

「そんなふうには見えないけどな」

寿が、そう？　という表情を向ける。私は彼女の指環に視線を向けた。

「あぁ、これね。これはお守り。仕事するときに独身って思われると面倒で」

「え、じゃあ、ずっと独身？」

「ううん……」

彼女は2回離婚をしていることを私に教えてくれた。

「私、男運、ないみたい」

「男運？　いくらでも出会いがありそうなのに」

「なんか悪い男に惹かれちゃうんだよね。素敵なひとだと思って蓋開けてみたら、ＤＶとか、金遣いの荒い男だとか」

　彼女は気持ちを整えるように、ゆっくり深呼吸した。

「もういい加減、ちゃんとした人と、普通の穏やかな生活がしたいな。ねぇ、平田君はどうなの」

　そう言って、私の左手を覗き込んだ。

「え、ないない。ずっと独身」

「一回もしてないの、結婚」

　私は黙って頷いた。

「えー、意外。もうとっくに結婚して、二人くらいのパパやっているのかと思った」

「自分もそんなイメージだったけど、そううまくはいかないんだよね。結婚相談所に登録しているくらいだから」

「相談所？」

「あぁ、自分でも驚きだよ」

「そんなのに頼らなくても、平田君いいひとだから、すぐ結婚できるよ」

「それが一番ダメなんだって」

私がかつて言われたことをそのまま伝えると、彼女は口を大きく開けて笑った。

「確かにね。言っていることはわからなくもないけど」

そう前置きして、彼女は続けた。

「現に私もそういうサイテーな男にばっかり引っ掛かっていたし。引き寄せられちゃうんだよね」

彼女は揺らしている足を止めた。

「でも、もう、うんざり」

「うんざり？」

「もう刺激はいらない。穏やかで、いいひとがいい」

「そっか」

彼女はブランコから立ち上がり、トイレに向かった。彼女の座っていたブランコが微かに音を立てて揺れている。私は岐路《きろ》に立っていた。彼女に対してサイテー男として接するべきか、いいひととして接するべきか。

「最近のトイレってすごく綺麗ね」

トイレから出てきた彼女が再び中学時代の寿と重なった。

「この後は、会社戻るの？」

私の質問に一瞬空を見て彼女は言った。

「ううん、今日はもう終わり。帰るだけ」

その微笑みによって、私は舵を切った。私は、養成所で学んだ通り、久しぶりの再会からワンナイトに持ち込み、都合のいい関係に繋げるべく手順を踏んだ。食事をし、バーへ移動。帰り道、人気《ひとけ》の少ない道を歩き、それとなくラブホテルのネオン街へ近づく。

「ちょっと、休憩して行こうか」

彼女は、小鳥が水を飲むように、小さく頷いた。扉が閉まると、自動精算機の前で、私と寿の舌が絡み合った。

「もっと、激しく突いて」

私は一心不乱に腰を振っていた。今セックスをしているのは、あの頃、優等生だった「寿綾乃《あやの》」だった。当時はまともに口もきけなかった彼女の膣内に真珠のように輝く精子をぶちまけた。

「なんか不思議な感じ」

私の腕の中で彼女は言った。

「中学時代、あんな真面目だった平田君とセックスするなんて」

私は黙って彼女の髪を撫でていた。

「もしよかったら、時々ご飯でも食べにいかない？」

「そうだね、寿さんがよかったら」

「やだ綾乃でいいよ」

「あぁ、綾乃がよければ」

私は、セフレが一人増えるくらいに思っていた。

「じゃあ、私、ここでタクシー拾っちゃうね」

ホテル街を抜け、通りがかったタクシーに乗り込む彼女。テールランプを目で追っていると、私の肩を誰かが叩いた。振り向くと薄木田の顔があった。

「薄木田さん、どうしてここに」

彼は大きな耳たぶをぶらさげて、私に言った。

「おめでとうございます、合格です」

私は、サイテー男検定の実技試験に合格した。

「じゃあ何、その同級生っていうのは、仕込みだったたってこと？」

寿との出来事を話すと、マスターは眼鏡にはぁと息を吹きかけながら言った。

「そうかもしれないです」

「なんか、それはそれでショックね」

佳恵が言った。

「どうして」

「だって、寿さんは演技していたってことでしょ」

「でも、わからないんじゃない、実際のところは。同窓会で久しぶりの再会して不倫スタートってよく聞くし」

「いずれにしても、準1級、おめでとう」

「じゃあ、合格祝いに今日は俺がご馳走作っちゃおう」

すると、買い物袋を下げた若い女性が入ってきた。

「あれ、もしかしてこの方って」

「そう、うちの嫁さん。かわいいでしょ」

「あ、これが噂の3人目の……」

と、私がつい口を滑らせそうになると、佳恵が私のつま先を思い切り踏んだ。

「痛っ!!」

「え、大丈夫ですか」

マスターの嫁が心配そうに見ている。

「大丈夫、彼はちょっと痛風気味なんだ」

マスターは慌てて話を誤魔化した。

「そういえば、こんなものも渡されたんです」

私は、顔を顰《しか》めながら実技試験合格の際に渡されたエントリーシートを皆に見せた。

「サイテー自慢コンテスト？」

「そうなんです。年に一度開催されるみたいで、今年一番のサイテー男を決めるようです」

「カー・オブ・ザ・イヤーみたいなものか」

「出るの？」

「いやぁ、そんな自慢するほどのことはしてないですから」

トイレ不倫、ダブル不倫、借金踏み倒し、数あるサイテーエピソードに比べれば、私のは些細な経験でしかなかった。

「待って、これ賞金も出るじゃん」

資料を手にして佳恵が声をあげた。

「ウソ、いくら」

佳恵が口にした金額に一同がハモッた。

「３００万‼」

「出よう！」

「もし優勝したら、何か奢ってよ」

「そんな、優勝なんて難しいですよ。それにまだ……」

「だめ、出なさい」

「応援しにいくから」

出ない訳にはいかない流れだった。

「これって、養成所の人じゃなくても参加できるの」

エントリーシートが美和の手に渡っている。

「はい、一般参加もあるみたいです」

「マスターも出たら？　サイテーエピソードたくさんありすぎて選べないか」

マスターは嫁の表情を気にしながら、シーッと制した。

「美和の元カレは？」

「光一？　あの人、極度の上がり症で人前に立つの苦手だからダメだと思う」

「もしも、万が一優勝したら、賞金はみんなで山分けにしましょう」

エントリーシートが戻ってくると、私は宣言した。

「うわ、いいひとになってる」

「あ、じゃあ、独り占めします」

そう言うと、皆がサイテーと叫んだ。


都内の高級ホテルの大広間に大勢の人が集まっていた。天井から大きなシャンデリアが吊るされ、場内には穏やかなクラシック音楽のアンサンブルが流れている。ステージ上には「サイテー自慢コンテスト～サイテー・オブ・ザ・イヤー～」と横断幕が掲げられ、中央にスタンドマイクが、ステージ脇に審査員席が用意されている。私は番号札を付け、出場者控室で開始を待っていると、一人の男性が近寄ってきた。

「あの、もしかして、あなたは」

見覚えのある顔だったが、誰だか思い出せない。

「ほら、いつだったか。噴水の前で」

その言葉が、平手打ちや鳩が飛び立つ音、彼が浴びた罵声、あの時の記憶を呼び戻した。

「あー、あの時の」

「覚えていますか」

「もちろんです。その節は出過ぎたことをしてしまいまして」

「とんでもないです、今でも感謝しています」

私はその後どうなったのか訊ねた。

「おかげさまで、一旦ヨリを戻したんですけど」

結局、彼女の親友の女性と二股交際を続けているとのことだった。

「それで今回、こちらに」

「ええ、せっかくなので」

「養成所の方だったんですね」

「いえ、違うんです。一般参加で」

「一般参加。じゃあ、もしかして……」

彼は天然のサイテー男だった。

コンテストの始まりを告げるアナウンスが控室のスピーカーから流れてきた。客席では、ヴィーナスの面々が〈平田君、サイテー〉という横断幕を掲げている。ファンファーレが鳴り響くなか司会者が登場すると、開会を宣言した。

「今夜、今年もっともサイテーな男が決定します！」

審査員たちを呼び入れ、最後に特別審査員を紹介した。

「イクメン・オブ・ザ・イヤーを受賞した翌年、妻の妊娠中に不倫。『魔が差しまして』が流行語にもなり、全国でサイテーの大合唱を巻き起こしました、『マガサス』こと、俳優の不破ゴローさんです」

拍手を浴びて彼がステージに現れると、客席から「マガサス〜！」という歓声があがった。

「今日は、僕以上にサイテーな男を期待していマガサス」

彼の決めポーズに場内は沸いた。

「さぁ、それでは早速参りましょう。エントリーナンバー1、上司の奥さんと不倫した、修羅場泰造《しゅらばたいぞう》さんです。どうぞ」

参加者が次々にステージに登場し、自身のサイテーエピソードを披露していった。ファンを食い散らかしたバンドマン、取引先の社長の娘に手を出した営業マン、主婦の有り余る性欲を弄ぶ整体師。会社の金を着服した経理部長。ママ友たちを鵜匠《うじょう》のように操る保育士。そして、養成所で共にレッスンを受けた田辺もエントリーしていた。

「私のドタキャン生活を聞いてください。最初はドタキャンなんてしたことなかったんですが、養成所のおかげでできるようになり、今ではすっかり楽しくなってきて、ドタキャンするためにアポイントを入れているところがあります。いっそ、このコンテストもドタキャンしようかと迷ったのですが……」

あんなに抵抗感を抱いていた田辺はすっかりドタキャン王子になっていた。それから何人かの発表が続いた。途中、エキシビションとして「サイテーの舞」なる現代舞踊を挟み、後半戦。いよいよ、私の出番が廻ってきた。

「平田君、サイテー」

客席のヴィーナス・メンバーが野次を飛ばし、横断幕を揺らしている。

「私は、ずっと結婚相談所に通っていたのですが」

私は、極力落ち着いて話すことに努めた。

「何人会っても交際や結婚にはつながらず、どうしてなのか聞いたところ、いいひとだからですと指摘されました。その時は、後頭部を鈍器で殴られたような感覚だったのですが、その日から私の人生は変わりました」

「よしよし、いい滑り出し」

ヴィーナス・メンバーが頷きながら見守っている。

「いいひとから抜け出すのは容易なことではありませんでした。でも、少しずつ硬い岩を崩すように、私はいいひとである自分を壊していきました」

場内が黙って聞いている。

「初めてサイテーと言われた日のことは今でも覚えています。女性にハイヒールを投げられた日のことも。部下に白い目を向けられた日のことも、子供に砂をかけられた日のことも」

私は、サイテー男になるために、多くの女性を弄び、仕事をほったらかしにしたことなどを告白した。

「どうして今までいいひとでいたんだろう。どうしてサイテーな生き方をしてこなかったんだろう。『Nice Guys Finish Last』サイテーに生きたら、人生が最高になりました。本当に感謝しています。以上が、私のサイテーエピソードです、ご清聴ありがとうございました」

私が頭を下げると、場内は温かい拍手に包まれた。こんなに拍手を浴びたのは、生まれて初めてかもしれない。

「うん、なかなかよかったんじゃない」

「よかった。なんかわかんないけど、感動した」

佳恵も美和もマスターも目を潤ませていた。そうして最後のエントリーナンバーが発表されると、シャツから胸をはだけさせた長身の男がマイクの前に立った。

「みなさん、私はサイテー男ですが、そんな私にも、サイテー男の風上にも置けない奴がいます。それは、嘘を吐いて不倫する奴。妻と別れると仄《ほの》めかして結局別れないで時間だけを奪う、サイテー人間。こんな男は私は大嫌いです。女も女。妻と別れてくっつく男なんてロクな男じゃないのに。そういう奴はまた新たに女を作る。サイテー男には結局、ダメ女がお似合いなのです。しかし今、まさに私が、その風上にも置けないサイテーな男になりました」

会場がざわめき始めた。

「では、こちらの写真をご覧ください」

大きなスクリーンに男女の写真が映し出される。

「この女性が私の浮気相手、愛人です。昼は保育士をやりながら、夜は風俗で働いています。名誉のために目は隠しています。彼女には妻子がいることを話した上で、付き合っていました。ずっと妻とは離婚すると言いながら、長い歳月が流れました」

目を覆われた女性が、どことなく、妹の雰囲気に似ている気がした。

「かつては、口を開けば妻と別れて欲しい、いつ別れるのと言われていましたが、いつの間にか言われなくなりました」

次々写真が入れ替わるなか、見覚えのある車が映し出された。

「この車は……」

私は、かつてマンションに迎えに来た赤いスポーツカーを思い出した。

「30歳を過ぎた女性は新しい恋愛に臆病になります。そういった心理を利用して関係を続けてきたのですが、いつまでたっても煮え切らない私に対して彼女はもう何も言わなくなりました。そんなある日、彼女の様子がいつもと違いました。もう別れましょうと言われるのかと思ったら、彼女は、妊娠しているとのことでした。私の子供でした。彼女は産みたいと言いました。私は彼女に言いました。妻とは離婚できないと」

場内がどよめいた。

「彼女は私に怒りを向けませんでした。どこかで予感していたのか、シングルマザーとして強く生きる決心が目に現れていました。もしあの時、依然《いぜん》として妻と別れるからと言っていたら、さらにサイテーな男になれたかもしれないのが若干悔やまれますが、人生で最良のサイテーな日になったと思います」

彼は笑顔でスピーチを終えた。その横顔が、あの日の運転席の横顔と重なった。

「あの男だ」

詩織がトイレに駆け込んだ光景が脳裏に蘇った。

「あの男が、詩織を」

いてもたってもいられなくなった。この男が詩織を騙していたのか。気づいたときには、壇上で男の胸ぐらを摑み、顔をぐしゃぐしゃに歪めながら暴れていた。

「放せ！　何がサイテーだ！　俺の妹の人生をなんだと思っているんだ」

ステージ上で狂ったように喚き散らす私を会場のスタッフが押さえつける。

「人の心を傷つけて何が楽しいんだ。私もサイテーな男だけど、お前は人間じゃない。お前は悪魔だ」

私は羽交締《はがいじ》めにされ、会場からつまみ出された。


「みなさん、ほんと申し訳ないです」

私はヴィーナスで深く頭を下げた。

「いいんだって、立派だったよ」

「コンテストぶちこわして、ある意味優勝でしょ」

「そうそう、だから今日は飲みましょう」

マスターがシャンパンを見せびらかすように掲げた。窓には祝賀パーティ用の飾り付けが施《ほどこ》され、テーブルには豪華な料理が並んでいる。

「でもまさか、摑みかかるとは思わなかったよ」

「やっぱり、妹のこととなると、いい兄貴になっちゃうんだね」

「別人みたいに勇敢だった」

「うん。私、抱かれてもいいいって思ったもん」

すると、佳恵が思い出したように、

「そうだ。韓国旅行キャンセルしなきゃ」

「何あんた、勝手に予約して。もしかしてＫ－ＰＯＰ？」

「いいでしょ。ていうか、あんたも何かネットで調べてなかった」

「あ、そうだ。カートからハンドバッグ削除しなくちゃ」

「ったく、二人とも気が早いんだよ」

そう言って、マスターはリフォーム業者にキャンセルの連絡をするよう嫁に伝えた。

店内が笑いに包まれる中、私は再び頭を下げた。

「本当にいいんですか」

養成所の受付女性は何度も念を押す。

「はい」

「一度退会されますと、再入会はできないシステムになっておりますが」

「はい、承知しております」

「現在準1級ですし、もう少しでプレミアムクラスに昇格するようですけど」

「はい、大丈夫です」

私の心は揺らがなかった。

「差し支えなければ、理由を教えていただけますでしょうか」

「理由ですか、そうですね」

私は、言葉を選んだ。

「ちょっと、気が変わっただけです」

それは、嘘ではなかった。

「あの、薄木田さんは」

「薄木田は、海外でのシンポジウムに参加していて今日は不在なんです」

「ご不在ですか。じゃあ、こちらをお渡ししてもらえますか」

私は、借りていたCDを彼女に手渡した。

「何かご伝言はございますか」

一瞬考えて、私は答えた。

「私は、調律されたピアノの音色が好きです、そうお伝えください」

「かしこまりました」

彼女は深く頭を下げた。


やっぱりサイテー男にはなれなかった。どこかでリミッターがかかってしまった。サイテーに生きるのも容易ではなかった。私は、いいひととして生きていく方が楽な気がした。たとえそれが、サイテーな人生になったとしても。


「趣味ですか、趣味っていつも困ってしまうんですよね」

テーブルの向こうには相談所で紹介された女性が座っている。

「ちなみに、純子《じゅんこ》さんは」

「私は潜るのが好きで、よく沖縄とか奄美にいきます」

「スキューバダイビングですか、いいですね。あ、私の趣味、思い出しました」

私は、冗談混じりに言う。

「趣味は、いいひと、です」

彼女は笑っていいのか迷っている様子だった。

「よく言われるんです、いいひとなんだけどねって。だから、趣味はいいひとって言うようにしています」

「面白い趣味ですね」

気を遣うように彼女は微笑んだ。

「やっぱり今回も……」

後日、姫野を訪ねると、彼女の口から意外な言葉が出てきた。

「それが、お相手の方、ぜひもう一度会って、お話ししたいですって」

「え、そうなんですか。珍しいこともあるものですね」

ふと見ると、姫野の薬指が光っている。

「あれ？　もしかして」

「あ、そうなんです、実は」

「え、お相手は」

「バツイチ、子持ちなんですけど」

「へー、経験豊富でいいじゃないですか。どこで出会ったんですか」

「実は、ここで」

彼女はテーブルを指さした。

「え、ここで？」

「はい、相談に乗るうちに」

「うわー、やりますね」

「サイテーですよね、相談所のスタッフが顧客に手を出すって」

「いいんですよ、どういう出会いだって」

「今度はドタキャンされないようにしないと」

「大丈夫ですよ。姫野さん、いい女だから」

彼女は伏し目がちに顔をあからめた。

「ほんと最近、物騒なことが多いですからね。気をつけてくださいね」

古い民家の中は畳の小上がりにちゃぶ台が置かれ、座布団の上で一人の婦人がお茶を啜っている。私がお茶請けを用意していると、扉が開く音がした。

「ごめんください」

戸口に老人男性が立っている。

「すみません、ちょっと道をお尋ねしたいんですけど」

「あ、どちらに行きたいのですか」

私は、饅頭をちゃぶ台の上に置くや、行き先を尋ねた。

「ここなんですけど」

住所が書かれたヨレヨレの紙片を私に見せた。

「あぁ、反対側来ちゃいましたね」

そう言って、老人を戸外へ誘い、途中まで案内した。

「あとは、ここを真っ直ぐ歩いて、酒屋さんの角を左です」

「あぁ、そうですか。ご親切にありがとうございます」

丸まった背中を見届け、私は配布用のチラシ折りを再開した。軒先で、「いいひと」の四文字が書かれた暖簾が風に揺れている。

「貼り紙、剝がれていましたよ」

男性が紙を手にして入ってくる。

「あっ、すいません。今日は風が強いみたいで……」

と言いかけて、私は目を丸くした。

「マスター！」

「こんにちは」

戸口に立つ彼の背後から佳恵と美和が顔を出した。

「二人も。わざわざ来てくれたんですか」

「もちろんだよ、急に来なくなって心配していたら、どこかでお店始めたって風の便りが」

「お店ってほどじゃないですけど、軌道に乗ったら伺おうかなと思っていたので。ヴィーナスは大丈夫ですか」

「嫁が淹れるコーヒーの方が評判良くってね」

「へー、穏やかな空間ね」

佳恵が見回して言う。

「実は、光一さんがこの家を紹介してくれて」

「何、あいつ本当の古民家は扱っているんだ」

「でも、ここで一日何しているの？」

美和が饅頭をほおばって尋ねた。

「そうですね。道案内だったり、おじいちゃんおばあちゃんの話し相手だったり、将棋の相手をしたり」

地域に住む人々の暮らしに役立つことをしていると説明した。

「平田さんらしいね」

すると、1匹の犬を抱えた女性が入ってきた。

「今日も夕方までいいかしら」

「えぇ、もちろんですよ。全然吠えないし、みんなに懐《なつ》くので、ここのアイドルです」

そう言って私は犬を抱きかかえた。

「私にはこういうのが合っているかなと思って」

「うん、いいひとが似合っているよ」

すると、いつもおとなしい犬が口元を震わせ唸り始めた。見ると戸口から、サングラスをかけ、水玉のワンピースを着た女性が胸元をあらわにし、ピンヒールを鳴らしてゆっくりと入ってきた。

「え、何」

美和と佳恵が目で追っている。

「いらっしゃいませ、何かお困りですか」

すると、大きな胸の谷間が私の視界を塞いだ。

「いいひと、プリーズ」

私は戸惑いながら、はいと答えた。

「あら、覚えてないかしら」

「えっと、前にお会いしてましたっけ」

「冷たいのね、あんなに情熱的な日々を過ごしたのに」

私は頭の中を引っ掻き回した。サイテー男の時に弄んだ女性だろうか。

「以前、なにかご迷惑をお掛けしましたでしょうか」

「ご迷惑？」

そう言って、女は手を叩いて笑い出した。私も周りも、何が起きているのかわからず、顔を見合わせている。

「もう、忘れちゃったの。私よ、私」

サングラスを外す彼女。

「く・ず・た・に」

「え、くずたにって……」

懐かしい響きが、竹刀を持って仁王立ちする男の姿を想起させた。

「くずたにって、強化合宿の屑谷さん？」

長いまつ毛にくっきり二重。真っ赤な口紅だが、言われて見れば確かに屑谷だった。

「手紙読んだでしょ。私ね、あれから好きな男ができて、女に戻ることにしたの。そしたらね、女への復讐のためにずっと男でいたから、今になって女に目覚めちゃって。エクスプロージョン」

「エクスプロージョン⁉」

「そう、爆発よ、爆発」

犬が歯を剝き出しにして吠えている。

「やっぱり、恋は人を変えるわね。まぁ、もともと女だったわけだし、充実した寄り道だったわ」

私は、良かったですねとしか言えなかった。でも、合宿の教官はどうしているのか。

「今は、汁川君と善田《ぜんだ》君がやっているわ」

汁川は覚えている。養成所関連のモノはすべて処分したが、彼からもらったポストカードだけは大切に取っておいてある。善田の顔が浮かばなかった。

「ほら、いつだったか、朝、ずぶ濡れになって宿に駆け込んできた人いたでしょ」

「え、あの善田さんが」

「そう。二人が厳しくコーチしてる」

聞くところによると、好きな人というのは筋金入りのサイテー男で、その男を養うために働いているらしい。私は、店の外に出て、剝がれた紙を扉の脇にしっかり貼り付けた。


〈いいひと、はじめました〉


その日、私は早めに暖簾をしまって詩織のアパートに向かった。

「甘い物でも買っていくか」

手ぶらで行くのもなんなので、駅前のケーキ屋に立ち寄ってから詩織のアパートに向かった。

「随分、お腹おっきくなったね」

「うん、時々蹴ったりするよ」

詩織はシングルマザーとして人生を歩んでいた。私は、膨らんだお腹をさすっている彼女の柔らかい表情に安堵した。妹を振り回したサイテー男のことは未だに許せないが、彼女はもう吹っ切れたのかもしれない。

「あ、そうだ。ケーキ買って来たから、冷蔵庫入れておくよ」

私は冷蔵庫を開け、リボンの付いた箱を置いた。

「飲み物とか、適当に冷蔵庫から出して飲んでいいから」

「了解、ありがとう」

テーブルの上に重ねられた冊子に目が留まった。見たことのある女優が表紙を飾っている。３度目の離婚をしたとかで、最近週刊誌を賑わせている女優・凪山《なぎやま》マナミだった。

「じゃあ、コーヒー淹れようかな」

「あ、わかるかな。そこの棚に入っているから」

「あ、でも妊婦さんにはよくないか」

「私はいいから。構わず飲んで」

お湯を沸かし、コーヒーの準備をしながら、さりげなく冊子を抜き取った。

「ダメ女通信……」

パラパラと捲る手が止まる。そこには、不倫相手に妊娠させられ、未婚の母になる決意を固めた経緯を誇らしげに語る、妹の姿があった。

〈ダメ女って、究極のエクスタシー〉

思わず漏れそうになる声を抑えた。

「大丈夫?　私やろうか」

「ううん、大丈夫だよ」

私は、黙って冊子を元に戻した。薬缶の注ぎ口から、湯気が立ち上り始めていた。

コーヒーを飲み終え、長居せず詩織の家を出た。世の中にはサイテー男とダメ女がいる。破《わ》れ鍋に綴《と》じ蓋のように。詩織の人生にはきっとサイテー男が必要だったのだろう。それが傍から見れば不幸な出会いだったとしても。いい兄貴として、シングルマザーとなった妹を支えるのも悪くない。それにしても、兄妹そろって養成所のお世話になっていたとは。血筋を実感しながら駅まで歩いていると、携帯の着信音が響いた。画面の文字に一瞬戸惑ったが、受話器のマークを押した。

「お久しぶりです、平田です」

「ご無沙汰しております、薄木田です。サイテー男養成所、お辞めになったようですね。最後にアルバムまで戻していただいて、すっかりいいひとですね」

「元の木阿弥です。でも、私はいいひとが肌に合っているようです」

相槌を打つように、彼の耳たぶが通話口を叩いている。

「やはり調律されたピアノがお好きですか」

「はい、私にはあの不安定な音程は耐えられないようで」

そうですかと呟くと、しばらく沈黙が続いた。電波が途絶えてしまったのかと、こちらから声を掛けようとすると、薄木田がこう切り出した。

「平田さん、人間の調律師になりませんか」

「え？　どういうことでしょう」

「いいひと養成所の講師になって貰いたいのです」

「いいひと養成所」

「そうです。お陰様で、サイテー男養成所は校舎も増え、生徒も増加しているのですが、その一方で、俗にいう『いいひと』が減っているというデータもあがっています。世の中に利己的な人間が増えているのかも知れません。そこで、新機軸として、いいひと養成所を設立し、サイテー男と両輪で運営することになったのですが、真っ先に頭に浮かんだのが平田さんの顔でした。どうでしょう、手を貸していただけませんか？」

私は空を眺めるように、背筋を伸ばした。

「私に講師など務まるか分かりかねますが、ぜひ一度……」

言い終わる前に歓喜の声をあげる薄木田に、私は笑って言い添える。

「養殖ですけど、いいですか？」

この作品は書き下ろしです。

装画　和田ラヂヲ

いいひと、辞《や》めました

発　行　2024年3月15日

著　者　ふかわりょう

発行者　佐藤隆信
発行所　株式会社新潮社
〒162-8711　東京都新宿区矢来町71
電話　編集部　03-3266-5411
読者係　03-3266-5111
https://www.shinchosha.co.jp

装幀　新潮社装幀室
印刷所　株式会社光邦
製本所　加藤製本株式会社

ISBN978-4-10-353793-9 C0093

世の中と足並みがそろわない　ふかわりょう

どこにも馴染めない、何にも染まれない。不器用すぎる著者の、ちょっと歪で愉快なエッセイ集。ゆがんでいるのは世界か、ふかわか。それはあなたが決めてください。

ひとりで生きると決めたんだ　ふかわりょう

それは覚悟なのか、諦めなのか――。誰もが素通りする場所で足を止め、重箱の隅に宇宙を感じ、自分だけの「いいね」を見つける。不器用な日常を綴ったエッセイ集。

君が手にするはずだった黄金について　小川　哲

才能に焦がれる作家が、自身を主人公に描くのは、承認欲求のなれの果て――。いま最も注目を集める直木賞作家が、成功と承認を渇望する人々の虚実を描く話題作！

成瀬は天下を取りにいく　宮島未奈

「島崎、わたしはこの夏を西武に捧げようと思う」。中2の夏休み、幼馴染の成瀬がまた変なことを言い出した。圧巻のデビュー作にして、いまだかつてない傑作青春小説！

成瀬は信じた道をいく　宮島未奈

我が道を進む成瀬の人生は、今日も誰かと交差している。そんな中、幼馴染の島崎が故郷へ帰ると、まさかの事態が……!?　読み応えますますパワーアップの全5篇。

滅私　羽田圭介

物を捨てよ、心も捨てよ。必要最低限の物で生活するミニマリズムを実践する男。物欲から解放され自由を得たはずが、因果は尽きず――SDGsの現代を描く悲喜劇。

可哀想な蠅 武田綾乃

どこから湧いてくる目障りな存在、蓋をしたい感情。それを消していけば、世界は今より美しくなるのだろうか。彼女たちの「裏面」を描き出す、ブラックな短篇集。

ラザロの迷宮 神永学

湖畔の館で開催された謎解きイベント。事件を解決すれば脱出できるというが、発見されたのは本物の死体で——。一行先さえ予測不能のノンストップ・ミステリ。

わたしたちに翼はいらない 寺地はるな

他人を殺す、自分を殺す。どちらにしてもその一歩を踏み出すのは意外とたやすい。心の傷は恨みとなり、やがて……。「生きる」ために必要な救済と再生をもたらす物語。

食べると死ぬ花 芦花公園

人生に絶望した者の前に現れる、怖ろしいほど綺麗な男・ニコ。彼は頑張った人に「贈り物」をくれるという——。ホラー界の気鋭が描く、血と涙で彩られる美しき地獄。

縁切り上等!
離婚弁護士　松岡紬の事件ファイル　新川帆立

幸せな縁切りの極意、お教えします。読めば元気をもらえる、温かなヒューマンドラマにして、個性豊かなキャラクターたちが織りなすリーガル・エンタメ!

オードリーのオールナイトニッポン
トーク傑作選2019-2022
「さよならむつみ荘、そして……」編　オードリー

「オウムを飼いたい」「大磯のTバック男」など、激動期の傑作トーク38本と、熱烈リスナー5組のインタビューを収録。読む「オードリーのオールナイトニッポン」。